脳科学捜査官　真田夏希

ジャスティス・エボニー

鳴神響一

角川文庫
24239

目次

第一章　はじめましてアリシア

【1】

「俺につとまるのだろうか」

小川祐介《おがわゆうすけ》はひとりつぶやいていた。

だいいち、自分はこの勤務をまったく希望していなかった。

港南《こうなん》署で小川はこの三年間鑑識係員として勤務してきた。

前勤務先の金沢《かなざわ》署でも、二年間は鑑識係に所属していた。

港南警察署刑事課鑑識係から本部鑑識課への異動は、むろん喜ぶべきことには違いない。

だが、小川巡査部長は同じ刑事部でも捜査一課から三課などに異動したかった。

所轄鑑識係での五年間の勤務を通じて、小川は鑑識係員としての自分に自信をなくしていた。

仕事上でミスがあったわけではない。むしろ、一般市民とあまり接しない鑑識の業務は自分に向いている部分が多かった。

だが、鑑識係員はほぼ毎日遺体と出会う仕事には変わりない。

もちろんふつうの刑事だって遺体に出遭う仕事だ。だが、鑑識ほどの確率ではない。

人が死んで医師の死亡診断書が発給されないときには、警察は不自然死かどうかを確認しなければならない。

その死に事件性がないかどうかを確認することが法的に要求されるのだ。

たとえば、寝たきり老人が床《とこ》のなかで冷たくなっていて、救急車を呼んだケースなどもそうだ。

かかりつけの医師の診断がなければ、警察が呼ばれることになる。

検視は検視官の職務であり鑑識の仕事ではない。

だが、検視が必要かどうかを確認するために、まず駆けつけるのは鑑識係員なのだ。

そんなケースはまだマシだ。

残された者は家族の死を覚悟している。

所轄鑑識係は交通事故死にも呼ばれる。

駆けつけた遺族の嘆きに出会うつらさといったら言葉にできない。

まして自死の現場などに臨場し、遺族に出会うことには耐えられなかった。

五年の間にいつの間にか遺体には慣れてきた。

仮に損壊状況がひどくても、吐き戻すようなことはあまりなくなった。

しかし、その死を悲しむ人々の涙や泣き声には、少しも慣れることはできない。

慣れてしまうのは、人間としてどうかとも思うのだ。

そんな感覚自体が警察官としては失格なのかもしれない。

もともと自分は警察官としての資質には劣っていないと思っていた。

警察学校の成績も悪くはなく、初任科などの地域課勤務の後は、わりあいすぐに金沢署の鑑識係に配属された。

うわさでは鑑識係員には優秀な者が配属されると聞いていた。

だが、二つの所轄で鑑識係員を続けるうちに、警察官を続けていけるかという疑問が自分のなかにわだかまってきた。

鑑識は事実を収集する刑事捜査において非常に重要な仕事だ。

刑事たちは鑑識の収集した事実に基づいて仕事をするに過ぎない。

自分たちが頑張れば、事件が早期解決してゆく可能性は高い。

逆に油断していれば、迷宮入りを作り出す危険性をも孕《はら》む。

本部への異動に伴って、小川は自分を鼓舞しようと思った。

いったん心を切り替えて、ふたたび頑張るつもりでいた。

だが……小川の鑑識課内での配属先は思いもしない部署だった。

なんとそこは、警察犬係だった。

子どもの頃に家にいた柴犬《しばいぬ》のケンしか、小川は犬を知らない。

自分がなぜ警察犬係に配属されたのかは、まったくの謎だった。

今日、小川は港南区下永谷《しもながや》の民間警察犬訓練施設にやって来た。

受付で名乗ると、廊下の奥の芝生のヤードに通された。

そこには一人の紺色の活動服を着た女性が、一匹の黒い犬のリードを持って立っていた。

警察犬に多いシェパードではなかった。

全身が濡《ぬ》れたようななめらかな黒い毛で覆われ、口もとや足が茶色のアクセントとなっている。眉毛《まゆげ》に当たる部分もちょこんと茶色い。

リードは太めですっきりとしたナイロンロープのような形状だった。

「おはようございます。鑑識課警察犬係の小川と申します」

小川は元気よく名乗った。

「はじめまして、訓練士の堀内菜美《ほりうちなみ》です。一緒に頑張りましょうね」

菜美はキャップの下から笑顔であいさつしてきた。

逆三角形の顔に彫りの深い知的な容貌《ようぼう》の女性だ。四〇歳くらいだろうか。

かたわらの黒い犬はシュッと女性の蔭《かげ》に隠れた。

「この子が、小川さんとバディを組むアリシアです……三歳と六ヶ月の女の子です」

菜美と名乗った女性は犬の頭を撫《な》でながら、少し前に押し出した。

アリシアは小川に顔を向けた。

鳶色《とびいろ》のつぶらな瞳《ひとみ》でまっすぐに小川を見ている。

犬種に詳しいほうではないが、この黒くてスリムな犬は……。

「この犬ってドーベルマンですよね」

小川は菜美に向かって不審を漂わせた声で訊《き》いた。

「そうです。アリシアはヨーロッパタイプのドーベルマンです。ドイツ原産の犬種ですが、難しい訓練にもよく耐えるとても頭のいい犬です。また、飼い主には忠実で、使役犬……つまりお仕事犬に向いている犬種です」

笑顔を絶やさずに菜美は説明した。

ドーベルマンは、軍用犬として敵を攻撃する役割を担う犬種のはずだ。

大昔に、なにかのついでに見た刑事コロンボの『攻撃命令』というドラマでは、凶器は命令に従って人を殺したドーベルマンだった。

「ドーベルマンは、軍用犬にも使われますが、警察犬として訓練する国も多いのです。そのほかにも警備犬、麻薬探知犬などに使われます。イメージにはないかもしれませんけど、盲導犬としても優秀なんですよ」

やさしい声で言いながら、菜美はアリシアの背中を撫でている。

緊張を解いたのか、アリシアは菜美の足に鼻先をこすりつけて甘えている。

「盲導犬にもなっているとはびっくりです」

小川は素直な驚きの言葉を口にした。

「ちょっと怖そうな顔をしていますから、日本では盲導犬にはなっていませんね。人との作業意欲が高い上に順応性にすぐれる。ドーベルマンは本当は能力的には向いているのです。飼い主以外の人が怖がるからという理由で、以前は盲導犬ナンバーワンだったジャーマン・シェパードも、ぐっと減りました。容姿が凛々《りり》しすぎるんですね。

だから、最近はラブラドール・レトリバーやゴールデン・レトリバー、あるいはその両者のミックスが主流になっています。能力的には同じくらいですが、ひとえにおだやかな外見のためなんです。ところで、アリシアはそんなに怖くない見た目だと思いませんか？」

菜美は小川の顔を見て微笑んだ。

「思います。なんでだろう？　あ、耳が垂れているからですね」

アリシアはちょっと首を傾げて小川を見ている。

「その通りです。ドーベルマンは断耳《だんじ》や断尾《だんび》を行うのが一般的でした。これは主人を守るために戦う際の利便性を求めた結果です。ほかにシュナウザーやボクサーなども断耳や断尾をします。ただ、いまは動物愛護の精神が浸透し、イギリスやドイツ、イタリア、スペインなど、断尾や断耳が禁止されている国が増えてきています。アリシアの生まれたスウェーデンでは、一九八九年から禁止されています」

少し厳しい顔つきで菜美は言った。

小川は静かに座っているアリシアを見た。

アリシアの尻尾《しっぽ》はいまは垂れているようでよく見えない。

「なるほど……それで少しはいかつい雰囲気がやわらげられているのですね」

小川は菜美の顔を見て言った。

「いかつく見えますが、ドーベルマンはやさしい性格の犬です。さまざま犬種の飼い主に尋ねたあるアンケートで、やさしい犬ランキングのいちばんとなったのは、ゴールデン・レトリバーでしたが、ドーベルマンも一〇位に入っているのです」

やわらかい声で菜美は言った。

「意外です」

小川の言葉に、菜美は静かにうなずいた。

「さぁ、アリシアと仲よくなりましょう」

明るい声に変わって菜美は元気よく言った。

「警察官がこんなことを言っていいとは思っていません。ですが、僕には自信がありません」

小川は冴《さ》えない声で、正直な気持ちを口にした。

今回の自分に対する命令は、最終的にはアリシアの担当者となることだ。

少なくとも、今日の来訪ではお互いの適性を明らかにせよと指示されている。

命令は守らなければならない。

しかし、小川にはまったく初めての体験だ。

菜美は一瞬、好意的な笑みを浮かべてから、さっと表情を引き締めた。

「たしかにうまくいかない場合もあります。人と犬にも相性がありますから。でも、ゆっくりと信頼関係を築いていくしかありません」

毅《き》然《ぜん》とした調子で菜美は言った。

「信頼関係……」

菜美の言葉を、小川はぼんやりと繰り返した。

人間同士ならともかく、犬との信頼関係をどう築いていくというのだろう。

「この子はこころに傷を負っているの……あとでゆっくりお話ししますね。まずは小川さんの素直な気持ちをこの子に伝えてみてください。さぁ、姿勢を低くしてアリシアに近づいていきましょう」

やさしい声で、菜美は指示した。

当のアリシアは、きょとんと菜美を見上げている。

言われたとおりに、小川はしゃがんでアリシアにゆっくりと歩み寄っていった。

背丈を低くしたほうが、小川の身体がちいさく見えるのだろうか。それとも視線と視線が合わせやすいのか。

アリシアは小川を見つめてじっと動かない。

いくら菜美がリードを握っていても、これだけ近づくとアリシアに襲いかかられたら逃げようがない。

ドーベルマンは白い歯も強靭《きょうじん》なように感ずる。

小川の内心に緊張が走った。

アリシアは全身をビクッと震わせた。

反射的に小川は身を引いた。

「まずは名前を呼んであげて」

頭の上から静かな菜美の声が降ってきた。

「アリシア」

やわらかい声を出すように努めて、小川はアリシアの名を呼んだ。

やはりなんとなく怖い。

舌を出してはぁはぁ言っているが、アリシアはそっぽを向いている。

うなったり、吠《ほ》えたりはしない。

それでもアリシアがなにを考えているかは少しもわからない。

自分のことをどう思っているかも見当がつかない。

少なくとも内心では警戒しているはずだ。

いきなり襲いかかっては来ないだろうか。

「もっと、近づいて。背中を撫でてやってください」

菜美はやさしい声で、なんとも酷な指示を平気で出す。

「わかりました」

えええいままよ、と小川はぐっと近づいた。

アリシアはビクッと身体を震わせたが、逃げ出すことはなかった。

「ほら、背中を撫でて」

菜美の声は厳しくなった。

身体をこわばらせて、小川は手を伸ばした。

黒い毛の背中は、思ったよりなめらかな感触だった。

声も立てずにアリシアは静かにしている。

あたたかな体温が小川の掌《てのひら》に伝わってくる。

「しばらくそうしていてください」

菜美はやわらかい声で言った。

「コミュニケーションの第一歩ですか」

小川は背中に向かって訊《き》いた。

「そうです。犬は一般に撫《な》でられるのが好きな部分と嫌いな部分があります。特別なことがない限り足や尻尾には触れてはいけません。鼻も禁物です。嫌いな場所なので吠える場合もあります」

菜美はわずかにきつい声で答えた。

「背中は好きなのですね」

畳みかけるように小川は訊いた。

「いちばん好きな場所です。頭を撫でるのも喜びます。ただし、慣れていないときに頭に触られると、噛みつかれるおそれもありますので注意が必要です。背中を撫でながら、小川さんのアリシアに対する気持ちをこころのなかで呼びかけてみてください」

なかなかの難題を菜美は口にした。

今まで接することに精一杯で、アリシアに対する気持ちなど考える余裕はなかった。

襲わないで……というのではダメに決まっている。

「わかりました」

小川は素直に答えた。

自分の気持ちは、とにかくアリシアと仲よくなりたいというだけだった。

必死で「仲よくしような」とか「友だちになろうぜ」などと内心で呼びかけた。

だが、アリシアはまったく動きはしない。

むなしく小川はアリシアの背中を撫で続けた。

しばらくすると、落ち着かないようにアリシアは顔をかすかに動かしはじめた。

「そろそろいいでしょう。手を離してみて」

菜美の言葉で救われたように、小川はアリシアから手を離した。

アリシアはふたたびビクッと身体を震わせた。

小川は反射的に少し後ずさりした。

「すべての動作はゆっくりとていねいに。さぁ、アリシアから少し離れて静かに立ち上がってください」

菜美のいくらかきつい声が響いた。

もはや、小川は菜美の言葉通り行動するほかはなかった。

なんとなく、自分自身が菜美に飼い慣らされているような気がする。

小川は気をつけて立ち上がった。

リードを手にした菜美は、小川が立つ場所まで近づいてきた。

「いまのアリシアは非常にナーバスな心理状態なのです。信頼している人間はわたしとほかに数名でしょう。小川さんと信頼関係が築かれれば、ちょっとくらいラフな態度をとっても大丈夫です。でも、いまの段階ではアリシアは小川さんを信用していません。大丈夫、しばらくの辛抱です。さぁ、このヤード内でお散歩をしてみましょう」

　菜美はにこっと笑った。

「えっ、俺がですか？」

　思わず小川は訊き返した。

「心配ありません。最初はわたしがリードを持っていつものように散歩を始めます。途中でようすを見て小川さんにリードを渡します。なにか問題が生じたら、リードを戻してください。また、ヤードに出たらわたしに並んで歩いてください」

　菜美はにこっと笑った。

「了解です」

　小川は元気よく答えた。

「アリシア。お待ちかね、お散歩だよ」

　アリシアの前にかがみ込んでマズル（鼻先）を左右の手で撫でながら、菜美は愛情のこもった声で言った。

「くぅん」

アリシアは菜美を見つめて甘えたように鳴いた。

「さぁ、行こうか」

アリシアに呼びかけてリードを握ったまま、菜美は芝生のヤードに歩み出た。

小川は菜美のあとについて歩き始めた。

まわりの木々からは、小鳥の鳴き声が響いてくる。

アリシアは尻尾《しっぽ》をピンと立てて、菜美の先を歩いている。

「あのように尻尾が立っているのは、アリシアが現在の状況に自信を持っている証拠です。尻尾が下がっているのは自信がないときです。さらに怯《おび》えているような場合には尻尾を股《また》の間に挟むような姿勢を取ります。断尾していたら、尻尾によるこうした犬の表情はつかめません」

アリシアの尻尾を左手の人さし指で示して菜美は言った。

「じゃあ、いまはアリシアは自信を持って歩いているんですね」

小川の声はしぜんと高くなった。

「そうです。それに機嫌がいい状態です。小川さんは嫌われてはいませんよ」

菜美は嬉《うれ》しそうに言った。

「本当ですか！」

喜びのあまり小川は叫び声を上げた。

一瞬、アリシアは体の動きを止めた。

「大きな声は禁止です」

尖《とが》った声で菜美が制止した。

「すみません」

小川は肩をすぼめた。

「ほかの犬と比べても、アリシアはとくに大きな音が苦手なのです」

渋い顔で菜美は言った。

「以後、気をつけます」

素直に小川は頭を下げた。

「気にしないでください。あとでアリシア固有の注意点をお話ししますね」

おだやかな声で菜美はなだめるように言った。

「お願いします」

「少なくとも、小川さんはアリシアには敵だと思われていません」

自信ありげに菜美は言った。

「本当ですか」

今度は小さな声で言ったのに、アリシアは立ち止まった。

「ご覧ください」

菜美は明るい声とともにアリシアを見た。

「散歩中にああして立ち止まり、飼い主の方向を振り返るのは『楽しいね』というメッセージか、あるいは『道はどっちに行く？』と尋ねている場合がほとんどです。場合によっては『飼い主、ちゃんといる？』と確かめていることもあります。いまはヤード内の散歩ですから、アリシアは楽しいという気持ちを伝えているのです」

口もとに笑みを浮かべて楽しそうに菜美は言った。

たしかにアリシアは振り返ったが、見てるのは菜美であって自分ではない。

「でも、アリシアが見ているのは堀内さんですよね」

小川は決して嬉しくはなかった。

「そうですね、彼女はわたしに言っているのです。でも、小川さんへの警戒が解けている状態であることは間違いありません」

はっきりとした口調で菜美は言い切った。

「散歩が好きだからじゃないんですか」

少しくどいと思ったが、あえて小川は疑問を返した。

「たしかに犬種を問わず、犬は散歩が大好きです。でも、ああして楽しいというメッセージをアリシアが伝えてきたことは成功だと思います。アリシアは小川さんを嫌ってはいないのです」

菜美は笑顔で言った。

「犬ってどれくらい散歩させなきゃならないんですか」

ちょっと照れて、ズレたことを小川は訊《き》いた。

子どもの頃に家にいたケンは、兄姉や両親が世話していた。

正直言って、犬の散歩をしたこともほとんどない。

「種類によって必要な散歩の時間などは違います。ドーベルマンの場合は一日に三〇分から一時間くらいの散歩を二回はしなくてはなりません。距離にすれば一回に最低でも一キロから二キロを散歩させなければならないです」

まじめな声で菜美は言った。

「このヤードじゃ、狭いですね」

かるく周囲を見まわして小川は言った。

ヤードは三〇メートル四方くらいしかない。

「もちろんです。さすがに同じところを何度もまわるのでは、アリシアも飽きてしまいます。だから、今日はあとであらためて外へ散歩に連れ出します」

さらっと菜美は言った。

「俺も一緒ですか」

外へ出るとなると、たくさんの困難が待っているに違いない。

ほかの人間や犬と出会うこともあるだろう。

「まずは、ヤード内でリードを持ってみましょう」

菜美はかるく笑った。

「ちょっと気が早かったですね」

小川は頭を掻《か》いた。

「では、小川さん。リードを持ってみましょう」

いったん立ち止まって、菜美は輪になったリードの先端を突き出した。

「は、はい……」

緊張しながら小川はリードを受けとった。

「さあ、アリシアの散歩を続けましょう」

菜美は明るい声で促した。

「アリシア、行くよ」

とりわけやさしい声を出して、小川はリードをかるく引いた。

だが、アリシアはピクリとも動かなかった。

小川の額に冷や汗がにじみ出た。

「散歩を続けるんだよ」

いくらか強い声で小川は呼びかけた。

アリシアは姿勢を硬くした。

「どうした？　散歩は好きだろ？」

いらだった小川は、さらにリードを強く引いた。

アリシアは四肢を開き、懸命に地面を摑《つか》んでいる。

足もとでちいさな土埃《つちぼこり》が上がった。

「まだ、無理みたいですね」

ため息まじりに菜美は言って、右手を小川に差し出した。

小川は仕方なしにリードを返した。

「さぁ、いったんおうちにもどろうか」

平坦《へいたん》な調子で、菜美はアリシアに声をかけた。

アリシアは力を抜いて、ぶるっと体を震わせた。

何ごともなかったようにトコトコ歩き始めた。

小川は劣等感が全身を襲うのを感じた。

「やっぱり、俺じゃダメなのかな」

小川はつぶやくように言った。

「いえ、まだ慣れてないのですよ。アリシアばかりではなく、犬は動きたくない場合にはいまのような態度をとります。アリシアは意志の強い子なので、嫌ならテコでも動きません」

諭すでもなく、淡々と菜美は言った。

「そうですか……」

小川はしょげた声で言った。

「いったん、アリシアを犬舎に戻してきます。ここでちょっと待っていてください……さぁ、おうちに帰ろう」

かがみ込んで菜美はアリシアに声を掛けた。

「ふぅん」

アリシアは甘えた声を出して、菜美の顔を見た。

菜美はアリシアのリードを引いて建物の右手から姿を消した。

【2】

　しばらくして戻ってきた菜美は、小川を談話室と標示された一〇畳くらいの部屋に連れて行った。

　白い天板のテーブルと椅子が六脚置かれている明るい部屋だった。

「自販機のコーヒーで恐縮ですが」

　菜美がテーブルの上に紙コップに入ったコーヒーを置いた。

「あの……お代を」

　小川は財布を取り出そうとした。

「ああ、いいんです。運営費から出ますので」

　菜美は顔の前で手を振って、小川の正面に座った。

「恐縮です」

「今日はあまり予備知識なしにアリシアに会っていただきました。失礼ながら、小川さんとアリシアの相性を観察させていただきました」

　ほほえみながら、菜美は言った。

「失格ですよね」

冴《さ》えない声で小川は訊いた。

「そんなことありませんよ」

首を横に振りながら、菜美はきっぱりと言った。

「でも、俺がリードを持ったら、嫌がって動きませんでした」

あのとき、小川はすっかり自信をなくしたのだ。

「予想通りです」

すました顔で菜美は言った。

「なんですって！」

小川は大きな声を出して、あわてて口を手で押さえた。

が、ここにはアリシアはいない
安心して小川は手を離した。

「初対面で散歩をさせようとしたのは冒険でした。おそらくは無理だろうとわかっていたのです。アリシアは複雑な事情を抱えている犬です。そう簡単に小川さんと信頼関係を築いていけるとは思っていませんでした」

菜美は静かに言った。

「どんな事情ですか」

小川は身を乗り出した。

「そもそも、この訓練所で飼育しているのは嘱託警察犬です。県警からの要請で出動する際にはわたしたち訓練士が同行します。一方で神奈川県警は直轄訓練所を持っています」

菜美は小川の顔を見て言った。

栄《さかえ》区の上郷町《かみごうちょう》には神奈川県が運営するただ一箇所の直轄訓練所が存在する。県の予算では各地域に訓練所を設けてすべての警察犬を飼育することは難しいのである。

「もちろん知っています」

小川の言葉に、菜美はかるくあごを引いた。

「直轄訓練所にはジャーマン・シェパード・ドッグとラブラドール・レトリバーの十数頭の警察犬を飼育しています。この警察犬たちは神奈川県が民間訓練所から買い上げた子たちです。それぞれ専属の警察官が担当者になっていて事件の際には出動します。我々民間訓練士は原則としてノータッチです」

「危険な事件の現場に民間の訓練士さんを臨場させるわけにはいきませんから」

小川にはそのあたりの事情はよくわかった。

「ええ、我々訓練士は自分自身を守る技術など持っていませんからね」

警察官は誰しも逮捕術を学んでいる。

たとえば、神奈川県警の巡査部長昇任試験の受験資格には、逮捕術の技能検定の有級者であることが明記されている。

民間人の訓練士にこのような技術はない。

「つまり、簡単に言えば、行方不明者の捜索などの危険性が少ない事件には嘱託警察犬と民間訓練士の方を出動させ、武器を所有した犯人の追跡や予告を受けた爆発物の探査など危険性が高い業務には直轄警察犬と警察官を出動させる、というう体制になっているわけですよね」

自分の考えを整理して小川は言った。

「すべてがそういうケースとは言い切れませんが、大雑把に言うとそうなります。ところで、アリシアは直轄訓練所ではなく、この訓練所が管理しています。それなのに、担当者として小川さんが選ばれています。なぜだと思いますか？」

おもしろそうな表情で菜美は訊《き》いた。

「たしかにそうだ……あまり深くは考えなかったです」

この訓練所に向かうようにと係長に言われて、今朝の小川はただひたすらに下永谷を目指した。

「アリシアには危険な任務が予定されています。わたしたち民間の訓練士では対応できない事件に立ち向かうことも想定されています。だから、小川さんが担当に就く予定なのです。ですが、訓練にはアリシアについての十分な理解が必要です。そこで、小川さんとバディを組むまでは最初から彼女とつきあっているこの訓練所が選ばれたのです。彼女は特殊な犬なのです」

意味ありげな顔で菜美は笑った。

「特殊な犬……ですか」

ぼんやりと小川は菜美の言葉を繰り返した。

「そうです。アリシアは傷ついたエリートです」

菜美は詩的な言葉を口にして笑った。

「それはどういうことですか」

言葉の意味が小川にはわからなかった。

「彼女はスウェーデンで生まれたと言いましたね」

「ええ、さっき伺いました」

「アリシアはスウェーデンで地雷探知犬として、きちんとした訓練を受けているのです。その後おそらくはカンボジアで地雷探知犬として働いていたのです」

菜美は思いもしないことを口にした。

「地雷探知犬ですか」

爆発物探知犬なら知っている。おもにイベントの警備対策用に訓練された警察犬がいると聞いている。たしか、民間の嘱託警察犬だったはずだ。

「カンボジアは長い内戦のせいで、数百万個の地雷と不発弾が未処理のまま地中に埋まっています。農村部の四〇パーセントが汚染地域で、およそ一〇〇万人が危険にさらされているのです。しかも撤去率は一五パーセントに過ぎません。年間、なんと約五〇人の人が地雷のために被害を受けています。子どもの割合も高いのです」

厳しい顔つきで菜美は言った。

「そんな恐ろしい状況なんですね……」

小川は息を呑《の》んだ。

手足を失ったカンボジアの子どもの写真を、小川もユニセフなどのパンフレットで見たことがある。

およそ一七〇〇万人のカンボジアの人口を考えれば、恐ろしい数字だと言える。

「人間が金属探知機を使って地雷探査をする方法では、探知機はすべての金属に反応します。ですので、いちいち確認をしてゆかなければならず非常に時間が掛かります。また、探査する人間の危険も大きいです。これに対して、地雷探知犬の嗅覚《きゅうかく》はきちんと地雷だけに反応します。地雷探知犬が探査した後の土地は安全と考えていいわけです。今世紀初頭には、年間八〇〇人もいた地雷被害者数が格段に減ったのも、地雷除去が進んだばかりではなく、地雷埋設場所の調査が進み地雷原の場所が特定されたことにもよるのです。さらに、その地域の地雷回避教育に力が入れられてきたことも大きいです。地雷探知犬にはカンボジアでは大きな期待が寄せられています。犬たちの危険も大きいのですが……」

菜美はつらそうに目を伏せた。

「それがどうして日本へ？」

小川は菜美の顔を見て訊いた。

「詳しい事情はわかっていません。アリシアは三ヶ月ほど前のある朝、大黒埠頭《だいこくふとう》の隅に捨てられているところを発見されたのです。プノンペンから東京、横浜《よこはま》などを経由して神戸《こうべ》まで行く貨物船に乗せられていたらしいのです。航海中では船員がエサなどをやっていたのでしょうが、始末に困って横浜港で捨てたのだと思います。アリシアが発見された埠頭から当日の早朝に出港した貨物船はカンボジアから横浜に寄港した船なのです」

はっきりとした口調で菜美は言った。

「ですが、なぜ地雷探知犬とわかったのですか」

素朴な疑問を小川は口にした。

「発見されたときにアリシアは地雷探知犬としての認識番号入りの首輪をつけていたのです。そのおかげで現地のカンボジアに問い合わせることができました。スウェーデンにも連絡が取れて、スウェーデン語のアリシアという名前も判明しました。さらに、アリシアがスウェーデンで基礎訓練を受けたときのことも問い合わせることができました。彼女は基本課程を最短の八ヶ月で修了している優等生なんですよ。ふつうは一年以上もかかる課程です。その後カンボジアで地雷探知犬としての訓練を受けて活躍したのですが、半年ほど前に事故に遭ってしまったのです」

菜美は悲しげな顔で言った。

「爆発事故ですか……」

かすれた声で小川は訊いた。

「比較的近い距離で地雷が爆発したのです。アリシアはその破片でケガをして、後遺症等から厳しい地雷探知犬の基準に外れてしまいました。その後すぐにアリシアは行方不明になったのです。アリシアは処分されるところでした。ですが、それを許せなかった現地の誰かが、彼女をひそかに貨物船に潜り込ませたんだと推察しています」

自信のある声で菜美は言った。

「どんな後遺症が残ったのですか」

小川は間髪を容《い》れずに訊いた。

「アリシアの右目は見えないのです」

淋《さび》しげに菜美は答えた。

「まったく気づきませんでした」

驚いて小川は言った。

「ドーベルマンは外から白目が見えにくいので、焦点が合わなくなってもわかりにくいのです。でも明るいところでよく見ると不自然なところに気づくことがあります。アリシアを診察した獣医師は外傷による失明と推察しています」

つらそうに菜美は目を伏せた。

「かわいそうに……」

視野が半分ではアリシアはさぞつらかろう。

「もともと犬は目があまりよくなくて、人間でいうと〇・二から〇・三くらいの視力しかありません。犬が物をはっきり見ることができる距離は三三センチから五〇センチくらいだという研究結果もあります。輪郭を捉《とら》える能力も低いと言われています。また、青と黄色とその中間色だけがわかる能力しかなくて、識別できる色数も極端に少ないのです。ですが、犬はすぐれた嗅覚によって暮らしています。犬の嗅覚は人間の三〇〇〇倍から一〇〇〇〇倍の力を持つという説もあります。さらに脂質の主要構成要素である脂肪酸等の臭いについては一〇〇万倍以上との研究結果もあります。聴覚についても人間の一六倍の力を持つと言われており、音源の位置については人間が一六方向くらいの探知能力なのに、犬は二倍の三二方向がわかるそうです。可聴周波数は人間の四倍だということです。ですから、アリシア自身はあまり苦労はしていないと思います。たとえば、犬は人間のことも匂いで区別しているのですよ。小川さんとわたしの区別もおもに匂いと声を中心にしています」

少し明るい顔で菜美は言った。

「そうなんですか。でも、それならどうして地雷探知犬として失格になったのですか」

小川の問いに菜美は眉間《みけん》にしわを寄せた。

「視覚の問題だけではなく、アリシアはＰＴＳＤ、つまり心的外傷後ストレス障害を持っています。この症状が地雷探知犬として不適格とされたのです。いざというときに動けず固まってしまったら、アリシア自身も周囲の人間も危険にさらすおそれがありますから」

「犬にもPTSDなんてあるんですか」

ふたたび驚いて小川は訊《き》いた。

「もちろんです。犬は人間以上に繊細な動物ですから。とくにドーベルマンは、飛び抜けて鋭敏な気質を持っている感受性の高い犬なのです。アリシアの場合には、大きな音や衝撃で体が動かなくなるような症状が出ます。この症状と右目の障害から、アリシアは近距離で地雷が爆発した事故に遭遇したものと考えられます」

低い声で菜美は答えた。

「なんという……」

小川は言葉を失った。

アリシアの境遇は哀れだ。小川の胸は痛ましさでいっぱいになった。

「発見されたアリシアはいったんは横浜市の動物愛護センターに保護されました。そのまま引き取り手が見つからなかったら、アリシアは殺処分されていたはずです」

淋しそうな顔で菜美は続けた。

「ひどいな……」

小川はまたもかすれた声を出した。

「ですが愛護センターに保護犬を見に行った《かながわドッグネット》というボランティア団体の方が、アリシアが優秀な犬であり、訓練を受けた犬であることに気づいてくれたのです。この団体は見どころのある犬を殺処分から救うために、里親を探すボランティア団体なんです。結果として全日本犬訓練士連合協会という一般社団法人が動いてくれて、獣医師やベテラン訓練士などがアリシアを鑑定しました。結果として、アリシアには日本でも爆発物探知犬や警察犬としての活躍が見込まれると判断されて、当訓練所が一時的に預かることに決まったのです」

明るい声に戻って菜美は言った。

「アリシアよかったな」

小川はこの場にいないアリシアに呼びかけた。

菜美は白い歯を見せてにこっと笑った。

「さらに神奈川県警でも、刑事部長さんや鑑識課長さんが動いてくださってうちが預かった後のことを検討して下さいました。県警のほうで担当者をつけてくださるとの方針が決まったのです。わたしには詳しいことはわかりませんが、日本も本格的にテロを警戒しなければならない状況になってきているので、アリシアのような警察犬が必要だということです」

　表情をゆるめて菜美は言った。

「つまり爆発物探知能力を持っていて、さらに一般警察犬のように犯人と対峙《たいじ》できるような存在ですね」

　菜美の話をまとめて、小川は念を押した。

「おっしゃるとおりだと思います」

　菜美は微笑んでうなずいた。

「で……その担当者というのが僕なのですか」

　小川は苦しげに訊いた。

「その通りです。ただ、あくまで現時点でアリシアは警察犬候補生ということになっています。期待通りの働きができれば、県警が買い上げる予定です」

　さらっとした調子で菜美は答えた。

「えーと、僕は警察犬の担当は初めてです。アリシアにはもっとベテランの警察犬係員が担当したほうがいいんじゃないんでしょうか」

　自分で口にしていて、これは正論だという思いが強くなった。

「これは県警側の判断ですので、わたしにはなんとも……。推察できるのは、アリシアは外国育ちの特殊な犬ですし、日本の風土や日本人にも慣れていません。ベテランの警察犬係の方より、小川さんのようなフレッシュな方のほうがふさわしいと考えられたのかもしれませんね」

言葉とは裏腹に確信しているような菜美の声だった。

「つまり、僕とアリシアを組ませて、両方とも訓練させる。もし、期待に外れたら両方ともクビってことですかね」

皮肉っぽい口調が出てきてしまった。

「訓練がうまくいかなかったら、アリシアについては、今後、警察犬としては採用されることはないと思います」

感情を交えない平らかな声で菜美は言った。

「え、じゃあ、殺処分も……」

小川の声は乾いた。

あのアリシアが殺処分を受けるなんて……小川の背中に寒気が走った。

「さすがにここまで来てそれはないと思いますが、彼女の能力は活《い》かされずに終わることでしょうね。おそらく、使役犬としては芽はないと考えられるような気がします」

ちいさく首を振りながら菜美は答えた。

「では、僕とアリシアは運命共同体ですね。僕が頑張らなければならないのですね」

小川は強い声で言った。

あらためて心の奥に使命感というか、やらなければならないという気持ちがわき上がってきた。

「頑張ってください。わたしたちは小川さんとアリシアに期待しているのです。アリシアは基本的な命令はスウェーデン語を用いますが、かなりの程度で日本語も理解できます。幼犬に比べて、コミュニケーションは取りやすいものと思います。それに、小川アリシア組はずっとわたしがお世話します。当訓練所としても最大限のバックアップをします」

菜美は言葉に力を込めた。

「堀内さんは、ベテランですよね？」

小川は菜美の顔を見ながら訊いた。

「訓練士として二〇年の実績があります」

菜美は胸を張った。

つまり自分が中学生くらいから訓練士をしているわけだ。

「ご指導よろしくお願いします」

しっかりと小川は頭を下げた。

「大丈夫ですよ。きっと友だちになれます。ドーベルマンは飼い主には忠実で、とても甘えっ子です。ちょっとヤキモチ焼きのところもありますが……それにアリシアはすごく優秀な犬です。うちの三歳の娘よりずっとお利口でおとなしいですから」

菜美は声を立てて笑った。

明日《あした》から続く訓練に、小川は自分の持てるすべての力を注ごうと覚悟を新たにした。

【3】

二日目もヤード内での散歩訓練を開始することとなった。

出発する前にじゅうぶんにアリシアの背中を撫《な》でてやった。

昨日の菜美の話で、アリシアに対する小川の見方はずいぶん変わった。

彼女は優秀で気の毒な「傷ついたエリート」なのだ。

訓練も受けていて日本語もある程度はわかるアリシアと仲よくなれなかったら、それは自分の責任だ。

アリシアは黙ってされるがままに撫でられていた。

小川は自分の思いをずっと内心で呼びかけた。

(アリシアはかわいそうだったんだな。これからは俺がおまえにかわいそうな思いはさせないぞ)

こんな思いをさまざまな言葉でアリシアに告げようと努力した。

だが、アリシアはなにも反応を示さなかった。

なんだか無駄なことをしているようで空しかったが、それでも小川は呼びかけ続けた。

昨日と同様に菜美がリードを持ってアリシアを連れて、小川は菜美の隣を歩いた。

トコトコとゆっくりしたペースでアリシアは、二人の前を歩いている。

アリシアの尻尾《しっぽ》は今日もピンと立っている。

「さぁ、リードを渡しますよ」

菜美はリードをさっと差し出した。

小川は鼓動を抑えてリードをとった。

アリシアは昨日と同じように、ぴたりと止まった。

(アリシア、おまえと俺は運命共同体だぞ)

思いを込めて小川はリードを握りしめた。

一瞬、アリシアは小川のほうを振り返った。

だが、表情は昨日と違って非常に硬い気がする。

アリシアの耳がピクリと動いた。

「いまのは『楽しいね』ではありませんね」

小川は自信なげに訊いた。

「はい、リードを交替したことに気づき、いちおう目視で状況を確認しているのです」

静かな声で菜美はうなずいた。

予想通りの答えだったので、小川は落胆した。

だが、アリシアはゆっくりと足を踏み出した。

「やった！」

戒めを忘れて小川は叫んだ。

アリシアはビクッと体を震わせて動きを止めた。

「大きな声はダメです」

尖《とが》った声で菜美は言った。

「そうでした」

小川はしょぼんと答えた。

だが、アリシアはふたたびゆっくりと歩き始めた。

その後は順調に一周目を終え、二周目に入った。

「たった一日で格段の進歩ですね」

菜美は明るい声で言った。

「二周目、行きましょう」

弾んだ声で小川は答えた。

二周目も順調にヤードをぐるりとまわることができた。

小川は期待したが、その後はアリシアは一度も振り返ってくれなかった。

「今日のお散歩は、このくらいにしましょう」

ヤードを二周して、リードを受けとった菜美はやわらかく言った。

「わかりました。でも、アリシアは振り向いてはくれませんでした」

冴《さ》えない声が小川から出た。

「二回目としては上出来だと思います。今日は心のなかでなんと呼びかけましたか」

菜美は興味深げに訊《き》いた。

「おまえと俺は運命共同体だぞって言いました」

ちょっと照れたが、小川は正直に答えた。

「いいですね、きっとそれが伝わったのでしょう」

微笑んで菜美はうなずいた。

「でも、声に出したわけじゃないし……テレパシーが伝わったのでしょうか」

冗談めかして小川は言った。

「犬にはテレパシーが伝わるのですよ」

まじめな顔で菜美は答えた。

「まさか」

小川はなんと言っていいのかわからなかった。

「まぁ、科学的にはどうかわかりませんが、犬には人間のこころのなかの思いが伝わることがあるのです」

照れたように笑うと、菜美はリードを握ったままヤードの建物側の端あたりのまん中に立った。

「さぁ、続けてアリシアにごほうびをあげましょう」

にこやかに菜美は言った。

「美味《おい》しいものでもあげるんですか」

自分ならそうするだろうと思って、小川は訊いた。

だが、菜美は首を横に振った。

「いえ、警察犬は原則としてドッグフードしか与えません。エサによってこころが不安定になるのを避けるためです」

菜美はきっぱりと言い切った。

「では、どんなごほうびですか？」

かわいそうだなと小川はアリシアの頭を撫でながら訊いた。

「これです」

菜美はウェストポーチからなにかを取り出した。

それは子どもが遊ぶような樹脂製のやわらかいボールだった。

ひとつは黄色でライオンの絵が描いてあり、もうひとつは青で象の絵が描いてあった。

「このボールを投げるのですか」

小川は二つのボールを受けとった。

「わたしはこのボールを使います。ボールを遠くへ投げてアリシアに取ってこさせるのです。いわゆる『取ってこい』という遊びです。アリシアとコミュニケーションを深めるのには最高の機会です。さらに知育訓練でもあるのです」

自分のボールを取り出しながら、菜美は言った。

菜美のボールは白くて、ペンギンのイラストが描いてあった。

アリシアは落ち着かないようすで体を揺すって鼻から「ふんふん」と息を吐いている。尻尾を激しく振っているのは、喜びのためだろう。

「アリシアが喜んでますね」

嬉《うれ》しくなって、小川は弾んだ声を出した。

「犬は『取ってこい』の遊びが大好きです。もともと猟犬だったレトリーバーは水鳥をくわえて飼い主のもとに持ってくる仕事をしていたので、その習性からいちばん興奮します。一方で、そうした仕事をしていなかったドーベルマンもこの遊びは好きです。実は犬は本能からこの遊びをするのではありません。この遊びの楽しさを教えてあげる必要があるのです。最初は食べられるものを使うなどする場合もあります。でも、アリシアはうちに来たときにはすでに『取ってこい』の遊びの楽しさを知っていました。さぁ、まずどちらかのボールの匂いを嗅《か》がせてあげてください」

菜美はアリシアを見ながら明るい声を出した。

「わかりました」

小川はかがみ込んで、アリシアの目を見つめた。

アリシアはさっと顔を背けた。

「ボールの匂いを嗅がせて」

菜美の指示通りに、小川は黄色いライオンボールをアリシアの鼻先に持っていった。

アリシアはマズル（鼻先）をボールに向けた。

くんくんと鼻を鳴らして、匂いを嗅いでいる。

「ふぅん」

アリシアはやわらかい声を出した。

「では、数メートル先へボールを投げてみてください。それから『取ってこい』と声を掛けてあげて」

菜美の声に従って、小川はボールを五メートルほど先に向かって投げた。

「よぉし、アリシア。取ってこい！」

小川が叫ぶと、アリシアは小川の足もとを飛び出した。

アリシアは素晴らしい瞬発力を持っていた。

宙に跳ぶ肢体の美しさに、しばし小川は見惚《みと》れた。

アリシアは黄色いボールをくわえて、その場でたたずんでいる。

「おーい、帰ってこいよ」

ハッとして小川は叫んだ。

アリシアは小川の立つ場所に向けて全速力で戻ってきた。

「ボールを受けとってください」

黄色いボールをくわえたままアリシアは小川の前まで走ってきた。

菜美の指示を待つまでもなく、小川はボールを掴《つか》んだ。

アリシアは小川がボールに手を触れたとたん口から放した。

「頭をいっぱい撫《な》でて、声を掛けながらたくさんほめてあげてください」

ちょっと離れたところで菜美が叫んだ。

「よし、いい子だ。アリシアは賢いなぁ」

小川は頭を撫でながらアリシアに声を掛け続けた。

「今度はもう一個の青いボールで同じように試してみてください」

「了解です」

小川は象が描かれた青いボールの匂いを嗅がせてから、期待を込めて投げた。

「アリシア、取ってこい」

アリシアが走り出すと、横からペンギンの白いボールが飛んできた。

菜美が放ったのだ。

アリシアは小川の青いボールではなく、菜美の白いボールの方向へ向かった。

白いボールをくわえると、アリシアは小川ではなく菜美のもとに戻ってきた。

得意げに大きく尻尾《しっぽ》を振りながら、アリシアは菜美の顔を見た。

「それは違うでしょ」

冷たい声で菜美はピシャッと言った。

アリシアは、口もとからポトリと白いボールを落とした。

「くぅーん」

悲しげにアリシアは鳴いた。

「さ、正しいボールを取ってきなさい」

菜美の言葉にアリシアは青いボールを目指して走り始めた。

「小川さん、こうして正しいボールを取ってくることを教えるのです」

菜美は小川の顔を見ながら、静かに言った。

なるほど、だから知育なのか……小川はまたひとつ新しい知識を得た。

「さぁ、ボール遊びを続けましょう」

淡々と菜美は言った。

「はい、何回でもやります」

元気よく小川は答えた。

ボール練習の翌日の散歩で、アリシアは小川に向かって振り向いてくれた。

アリシアは歩みを止めずに、小川の顔を見た。

鳶色《とびいろ》の瞳《ひとみ》が自分を見ている。

「やりましたね」

小川は小躍りしたい気分を抑えてちいさな声で言った。

「だいぶ仲よくなれましたね。今日は外へ出てみましょうか」

菜美は静かに言った。

「はい、ぜひ」

小川は不安を感じながらもうなずいた。

門へ続く糸杉の並木を小川たちはゆったりと進んだ。

訓練所の門の外は、交通量が少ない住宅地のなかの細い舗装路だった。

「さぁ、お散歩だよ」

菜美はやさしく声を掛けた。

アリシアは門のところで立ち止まった。

振り返ってこちらを見ているが、視線は小川とは合わない。

彼女は菜美を見つめている。
これは「楽しいね」ではなく、「どうするの?」という意思だと小川にはわかった。
尻尾が心なしか垂れている。
きっとアリシアは小川がリードを持ったまま外に出ることが不安なのだ。
「いいお天気だし、今日はお散歩日和だよ」
菜美は陽気な声で呼びかけた。
アリシアはそろそろと外の舗装路に歩み出した。
だが、まだ尻尾は垂れたままだ。
時おり尻尾を立てて路傍の草や電柱などの匂いを嗅いでいる。
こうした光景は、小川もよく見かけてきた。
が、その意味がわからなかった。
「どうしてああやって、道ばたの匂いを嗅ぐのですか」
素朴な疑問を小川は口に出した。
「犬はこの場所を通過した動物の匂いや、そのほかのさまざまな情報を収集していま
す。同時に匂いを嗅いで頭脳を使うことが犬自身のストレス解消にもなるのです。可
能であればゆっくりと見守ってあげましょう」

「見守っていていいのですね」

「通行人に迷惑をかけるとか、クルマが危険だというときにはやめさせましょう。ただし、急にリードを引っ張ってはいけません。ゆっくりとリードを引き、危ないことをわからせてあげましょう」

にこっと菜美は笑った。

向こうから紺色の制服を着た女子中学生のグループが近づいてきた。

「かわいいー」

「警察犬！」

「この犬、ドーベルマンって言うんだよ。飼い主には忠実なんだって」

女子中学生たちは好意的な言葉を次々に口にした。

だか、アリシアは中学生たちには反応を見せなかった。

おそらく気を散らすようなことがないように訓練済みなのだろう。

活動服姿の菜美の硬い表情も相まって、彼女たちはそのまま通り過ぎていった。

ほっと小川は安堵《あんど》した。

次の角まで来たときだった。

大きなサクラの木が植わっている小公園のところだった。

アリシアがいきなり動きを止めた。

車道のまん中で地面を摑むかのように四肢をがっと突っぱって姿勢を低く取った。

身体を硬くして小さく震えている。

まわりを見まわしても人影は見えず、クルマも通ってはいない。

なにかを警戒しているのか、あるいは怯《おび》えているのか……。

その原因が小川にはまったくわからなかった。

「今日はもう戻りましょう」

ようすを見ていた菜美は静かな声で言った。

「いったい、アリシアはどうしたのですか」

不安な気持ちを抑えて小川は訊《き》いた。

「はっきりとはわかりません。ですが、この角から先に、アリシアが苦手なものが存在するのです」

菜美は少しも動ぜずに言った。

「いつも外ではこういう感じなんですか」

不安を感じて小川は訊いた。

「ふだんはそんなことはありません」

平らかに菜美は答えた。

小川はショックを受けた。

つまり、自分がリードを持っているから、アリシアは不安なのだ。

翌日の散歩のときだった。

その日、アリシアは小公園の角を曲がってくれた。

小川は嬉《うれ》しかった。昨日の課題をクリアしたのだ。

突如、道の向こうから大きな白い影が現れた。

二〇歳前後の白いTシャツ姿にキャップをかぶった女性が歩いてくる。

リードの先には白と薄茶の大きな秋田犬《あきたけん》がいた。

近くの家から出てきたのかもしれない。

アリシアは立ったまま、ブルブルと震えている。

秋田犬はモフモフとしていて、小川から見ればかわいい。

だが、相手は確実に大型犬、こちらは中型犬と言われることもあり、ひとまわりは小さい。

そのボリューム感は、アリシアよりもはるかに大きく感じられる。

アリシアは文字通り立ちすくんでいる。

いつもの「散歩が嫌」の姿勢とは違う。

四肢は伸ばしていて、全身をこわばらせている。

おそらくしゃがんでいると、逃げようとするときダッシュに遅れると思っているのだろう。

相手の秋田犬は少し吊《つ》り上がった目でアリシアを見ていた。

「わうんっ」

秋田犬はいきなりひと声吠《ほ》えた。

「きゃんっ」

アリシアはこちらへ飛び跳ねて、小川の胸もとに飛び込んだ。

「え？」

小川は驚いた。

「アリシア。大丈夫だぞ」

体重を受け止めて小川はアリシアを抱きしめた。

犬の匂いが小川の鼻腔《びこう》に忍び込んできた。

アリシアの心臓の鼓動が伝わってくる。

「脅かしちゃってすみません。さっさと通っちゃいますね。ほら、メグちゃん行くよ」

飼い主の女性は秋田犬を促して小公園に避けてから通り過ぎた。
秋田犬はさっさと歩き去った。
相手が通り過ぎると、アリシアは小川から離れた。
すぐに「あれ、なにしてんですか？　お散歩楽しいな」という顔で小川を見た。
アリシアは何ごともなかったように歩き始めた。
「きっとアリシアの怯えが、メグちゃんに伝わってあの子を緊張させたのでしょう」
笑い混じりに菜美は説明した。
「はい……」
小川はそれ以上の答えが返せなかった。
ひどく感動していた。
不安の極致でアリシアは俺に助けを求めた……。
何度もあのときのアリシアのぬくもりを思い出して、小川は喜びに浸っていた。
無事に散歩を終えた小川たちは訓練所に戻ってきた。
今日はアリシアを犬舎に入れるところまで小川が担当することになった。
犬舎にはコンクリートの玄関土間の奥にずらりと檻《おり》が並んでいる。
ラブラドール・レトリバーやジャーマン・シェパードがそれぞれの部屋でおとなし

く休んでいる。

「リード外していいですよ」

菜美の指示に従って、小川は土間のところでアリシアの首からリードを外した。

「さぁ、アリシアもおうちに入ろう」

小川はやわらかい声でアリシアの頭を撫《な》でた。

アリシアは犬舎の檻のところまでトコトコ進んだ。

しかし、開いている入口から室内に入ろうとはしない。

くるりときびすを返して菜美のところまで戻ってきてしまった。

「アリシア、今日はもうお部屋だよ」

今度は菜美が呼びかけた。

だが、アリシアは一向に犬舎に入ろうとはしない。

「どうしちゃったんですか?」

小川は理由がわからず菜美に訊いた。

「これはねぇ。リードも外しておつとめ終わりだから、なんて言うかプライベートタイムなんですよ。でも、アリシアはまだ檻に入りたくないのね。前にも言いましたけど、ドーベルマンってすごく甘えっ子なの。『わたしいい子だったでしょ、だからもっと遊んで』って意思表示してるんですよ。このあたりは三、四歳の子どもと同じだと思えばいいですね」

菜美はにっこり笑った。

「どうすればいいのですか」

小川は菜美の顔を見て訊いた。

「場合によってもう少しだけ遊んであげたり、もう終わりと伝えたり……その区別は難しいけど、小川さんから見てアリシアが頑張ったなと思ったら少しだけ遊んであげてください」

菜美はおだやかに言った。

「わかりました……アリシアおいで」

小川はアリシアにやさしい声を出した。

アリシアはさっと小川に寄ってきた。

「えらいよ。今日はお散歩ちゃんとできたじゃないか」

期待のこもった目つきでアリシアは近づいてきた。

「いい子だ。アリシア」

小川は頭や背中、胸を次々に撫でてやった。

最後は両手を顔の両側に持っていってアリシアの頬あたりを撫でた。

「くぅん、くぅん」

アリシアはすっかり甘えっ子になっていた。

「さぁ、おうちに帰ろう。いっぱい遊んであげたよな」

小川は檻のなかを掌《てのひら》で示した。

ハッという顔でアリシアは小川を見た。

次の瞬間、アリシアは体の向きを変えた。

アリシアはうなだれて、尻尾《しっぽ》を垂らしてとぼとぼと檻の中に入っていった。

寝そべって小川のほうをちょっと恨めしそうに見ている。

「えらいぞ！　アリシア」

自分の意思が通じた。

「うまくいきましたね」

菜美の声は明るかった。

「ちなみに、犬は赤ちゃん扱いをしてはいけません。かまってほしくて鳴き続けるときもあります。こんなときに、かわいいからといって撫でたり抱き上げたりしてはいけません。そうすると、鳴けばかまってもらえるということを覚えてしまい、犬の鳴く行動を強化してしまうのです。小型の愛玩犬の飼い主などはこうした場合につい甘やかすことが多くてダメな犬を育ててしまいます。おもしろいことに教育心理学によれば、人間の幼児にも同じことが見られるそうです。本当に幼児を育てるような気持ちが幼犬には必要みたいですね。アリシアはこのあたりはきちんとしつけられているので、無駄に鳴くようなことはありません」

菜美はいくらか誇らしげに言った。

数週間後に小川とアリシアは上郷町の県警直轄訓練所に出かけた。

鑑識バンのラゲッジルームに置いたケージに、アリシアを乗せたり下ろしたりする訓練もすっかり終えていた。

菜美もついてきているが、今日の指導係は警察犬係の古参警部補だった。

「よろしくお願いします」

小川は大ベテランの警察犬係の先輩に頭を下げた。

「おうっ、よろしくな。小川、アリシア」

教官はキャップの下からいかつい顔に笑みいっぱいであいさつした。

火薬探索訓練が始まった。

小川はアリシアのリードを持って土のヤードの端に立った。

微量の目標火薬は前方十数メートルの草むらのなかに巧みに隠してある。

小川たちは位置を知らされているが、もちろんアリシアは知らない。

もちろん信管はないし、爆発することはない。

火の気はないし、燃え上がる心配もなかった。

だが、アリシアはヤードに入った途端、ウロウロと近くを歩きまわるだけだった。

どうしても前方に進もうとしない。

戻ってきて小川の顔をじっと見ている。

「うーん、こいつは臆病《おくびょう》だなぁ」

教官は眉根《まゆね》にしわを寄せた。

「かなり怯《おび》えていますね」

冴《さ》えない声で菜美も言った。

「まぁ、それだけ敏感ということだ。訓練次第でいい爆発物探知犬になるぞ。おい、アリシア、場所を見つけるんだ」

教官は遠方の一帯を掌で指し示して叫んだ。

「Gå!」

これはスウェーデン語で「行け」の意味だ。

菜美からアリシアへの命令は原則としてスウェーデン語だと教わっていた。

トコトコと歩き始めたアリシアだが、すぐに帰ってきてしまう。

「ダメか……」

古参教官が失望の声を出した。

「アリシアはカンボジアで地雷探知犬をしていたときに爆発事故に遭っているのです。それで右目の失明とPTSDの後遺症を持っています。とくに大きな音や衝撃に遭うと行動不能になります」

菜美は静かに伝えた。

「そうだった。文書でもらってたよ。火薬の臭いもダメか。こりゃあ無理かな……」

教官は眉間《みけん》に深いしわを刻んで嘆いた。

何度も試したが、その日はあきらめざるを得なかった。

「叱ったり脅したりすれば従うわけではないですよね」

小川は念を押すように訊《き》いた。

「そうなんです。犬とのつきあいは待つことが大切なんです。犬に機会を与え続けて、少しずつ成長させて、結果を待つのが訓練です」

菜美はしんみりと言った。

「いいこと言うねぇ。そう。待つのが俺たちの仕事だよ。考えてみれば警官の仕事全般も待つことだらけだな」

古参教官は上機嫌に笑った。

「ごほうび、とくに飼い主の愛情が、犬にとっていちばんのエネルギーなんです」

菜美は嚙《か》んで含《ふく》めるように言った。

三日目から目標に近づけるようにはなったが、数メートル近づいたところで止まってしまう。

火薬の入ったバッグなどには近づこうともせずに戻ってくる。

五日目のことだった。

アリシアは小川の「Gå!」の号令に従って順調に走り出した。

目標物の手前でも、アリシアは止まろうとはしなかった。

小川は胸をドキドキさせてアリシアのお尻《しり》を見ていた。

なんと、今日はアリシアは火薬の置いてある草むらに飛び込んだ。

アリシアは草むらから火薬の入った女性用のハンドバッグのハンドルをくわえてひょっこり顔を出した。

「よくやったぞ、アリシア！」
思わず小川は叫んでいた。
アリシアは恐怖に打ち克《か》ったのだ。
嬉《うれ》しくて飛び上がりそうだった。
アリシアはバッグをくわえながらとことこ歩み寄ってきた。
「うん、アリシアはなんとかいけそうだな」
古参教官は期待のこもった声で言った。
それから何度も火薬訓練を繰り返し、ようやくアリシアも慣れてきた。
アリシアはデイパックでもボストンバッグでも、次々に探してきた。
「やった！」
そのたびに小川は歓声を上げた。
戻ってきたアリシアの全身を撫《な》で回した。
ただし、エチケットゾーンは避けながら……。
アリシアは、気持ちよさそうにされるに任せていた。
さまざまな訓練は三ヶ月以上続いた。
いまではアリシアはさまざまなケースで、小川の意思を汲《く》んでくれる。

アリシアと小川との間には信頼関係が築かれたのだ。

「なぁ、アリシア、俺たち仲よしだよな」

小川は日に何度も呼びかけてアリシアの頭を撫でた。

「ふぅん」

アリシアは目を閉じて静かに鳴いた。

「そろそろ卒業ですね」

菜美は嬉しそうに言った。

「本当ですか」

小川は弾むような声を出した。

「ええ、小川さんとアリシアは立派にバディを組めましたよ」

菜美はしっかりと保証してくれた。

じわっときながら小川は空を見上げた。

アリシアはそばで静かにうずくまっていた。


一年半が経った。

小川とアリシアの心はすっかり通じ合っていた。

アリシアは、直轄訓練所で不審者や犯人に対する攻撃訓練も数限りなくこなした。
古参教官も、いまではすっかりアリシアの実力を認めている。
火薬を発見して激しく吠《ほ》えて、小川に教える技術も身につけた。
アリシアは繊細なのに、いざというときは豪胆に行動できる警察犬に成長したのだ。
すでに一回は爆発物探知などの現場にも出動した。
もう立派な警察犬と思っているのだが、県警はまだ候補生扱いだった。
一方で小川は最近、無口で愛想がよくないといろいろな人に言われる。
だが、なんの問題もないと思っていた。
アリシアには毎日のように愛を伝える言葉を掛けていた。
むろんアリシアは人間の言葉で返事をしてくれない。
しかし、鳴き声や態度で小川への愛情をじゅうぶんに伝えてくれていた。
そのせいか、人間と話す言葉数が以前に比べて格段に減った。
それでも、小川は日々幸せだった。
今日もまた、みなとみらいで起きた爆破事件の現場に向かうことになった。
当然ながら、小川はライトブルーの現場鑑識用作業服を身につけていた。
科捜研の新人捜査員で博士号を持つとかいう特別捜査官の女性警部補を、ついでに現場まで連れてゆくことも命ぜられていた。

地下駐車場からたくさんの警察車両がエンジン音も高く出庫した。

現場に急ぐために、どのクルマも勢いよく飛び出していった。

アリシアは駐車場の隅で固まっていた。

軽いPTSDの症状が出ている。

「まだ元気ないのか……お前、本当に気が弱いな。さっきクルマがたくさん出てったからうるさかったよな」

小川の言葉でアリシアは落ち着いてきた。

「小川さん？」

背後から若い女の声が響いた。

振り返ると、ブルーグレーのパンツスーツを着た二〇代終わりくらいの女性だ。

なかなかの美形だが、学者の女性に興味はない。

ぼんやりと見ていると、アリシアが女性の方向に飛び出した。

「うわわわっ」

女性は瞬間に飛び退《の》き、反射的に両腕を胸の前で交差させて身を守る姿勢をとった。

アリシアは女性の足元にからみついた。

「ぎゃあああっ」

女性が絶叫して、コンクリート床に尻餅《しりもち》をついてへたりこんだ。

アリシアは驚いて五メートルくらい右へ飛ぶように逃げた。

壁際で女性のほうを向いてうずくまって前足を突き出し、アリシアは全身を震わせて女性を見つめている。

「なに叫んでるんだよ？」

小川は目いっぱい不機嫌な声を出した。

素っ頓狂《とんきょう》な声で叫び、繊細なアリシアを怯《おび》えさせるとは許せない。

「だって、い、いぬが」

女性は尻餅をついたまま、アリシアを指さしてかすれ声を出した。

アリシアに対してその態度はなんだ、と小川は内心で舌打ちした。

「おいでアリシア」

甘い声で呼ぶと、アリシアは立ち上がって小川の足元にすり寄った。

ふうんと鼻を鳴らして、アリシアはその場で身を丸くして床に寝そべった。

「アリシアって、それなのぉ」

女性は怖そうにアリシアを見た。

小川はその言い方にムッときた。

「モノ扱いしないでくれ。それに大きな声出すなよ。彼女はデリケートなんだ……あんたは？」

あごを突き出して小川は訊《き》いた。

「科捜研の真田《さなだ》です。小川祐介巡査部長ってあなたですか」

澄ました声で女性は名乗った。

ここでほかに現場鑑識用作業服を着ている者はいないだろうと言い返したくなった。が、いくらなんでも初対面の相手に向ける言葉ではない。

「ああ……」

小川はこれ以上は出せないというくらい素っ気ない声を出した。

この真田をみなとみらいの五十三街区の現場に連れて行かなければならないのか。

「……助手席に乗って」

小川は鑑識バンに向かってあごをしゃくった。

アリシアを怖がり続けている真田警部補に、小川は完全に腹を立てていた。

この女とはどう考えても親しくなれそうもない。

真田の顔を見ながら、小川はそう思っていた。

第二章　横須賀中央署

【1】

梅雨明けの月曜日。すでに朝からかなりの気温になっていた。

真田夏希《なつき》が科捜研に出勤してしばらくすると、内線電話で中村《なかむら》心理科長に呼ばれた。

「真田、急いで横須賀《よこすか》中央署に行ってくれ。刑事部長命令だ」

表情を変えずに中村科長は命じた。

サイバー特捜隊から帰ってきてから、何度目の呼び出しだろうか。

「事件ですか」

夏希は間抜けなことを訊いた。

すでに九時半をまわっている。

こんな時刻に呼び出しを食うことは珍しい。

「当然だ。一一時には捜査本部が立つはずだから参加するように」

淡々と中村科長は命じた。

「あの……どんな事件が起きたのですか」

期待しないで夏希は訊いた。

「詳しいことは、向こうへ行って訊いてくれ」

予想通りの答えが返ってきた。相変わらずだ。

いつにない一一時という捜査会議開始時刻に夏希は違和感を覚えていた。

「では、行ってきます」

夏希は頭を下げて、科長室を出た。

山下町《やましたちょう》の科捜研から横須賀中央署は一時間ちょっとだ。

むしろ、夏希が住む舞岡《まいおか》のほうが近い。

通い詰めになるとしたら、意外と楽かもしれない。

「うわっ、暑い」

横須賀中央駅の改札を出た真田夏希は、反射的に青空を見上げた。

雲がない。空は青黒いまでの色に染まっている。

海に近いというのに、この暑さはどうだろう。

まわりがコンクリートに囲まれているからなのだろうか。

横須賀中央署の白い大きな建物に入ったときには、救われるような気持ちだった。

少なくとも舞岡はここまでひどい暑さではないだろう。

しかし、事件の性質がわからずに呼ばれるのは嫌なものだ。

あいまいな気持ちで捜査本部に向かうのは何十回目のことだろうか。

真田夏希はエレベーターから右手に歩いて、講堂の前まできた。

扉が開かれた室内からはざわめきが聞こえてくる。

たくさんの人が参集している気配を感ずる。

「あれっ？」

講堂の入口には事件名を示す紙が貼られてない。俗に戒名などと呼ばれる標示がないということは……。

夏希の胸に嫌な予感が走った。

「あ、先輩……おはようっす」

室内に入ると、捜査一課強行第七係巡査長の石田《いしだ》三夫《みつお》があいさつしてきた。

芸能界ではあるまいし、この時間からおはようもないだろう。

「真田さん、お疲れさまです」

澄んだ明るい声であいさつしてきたのは、同じ七係の小堀沙羅《こぼりさら》巡査長だった。

薄いグレーのパンツスーツ姿だが、沙羅の華やかな顔立ちはこんな地味な服でも目立つばかりだ。

石田と沙羅はいつもペアを組んで動いている。

「二人ともお疲れさま」

夏希は口もとに笑みを浮かべてあいさつした。

「戒名出てないね？」

夏希は気になって石田に訊いた。

「誘拐事件なんですよ。略取・誘拐なんかの非公開捜査では戒名出さないのが決まりですから」

眉根《まゆね》にしわを寄せて石田は声をひそめた。

沙羅も深刻な顔でうなずいた。

「そうなの……」

夏希から乾いた声が出た。

誘拐事件の指揮本部が、緊急性を要することは言うまでもない。

人質の救出は自分たちの大きな、そしてなによりの使命だ。

「詳しいことは知りませんが、秋谷《あきや》で児童が誘拐されたらしいんです」

石田は眉をひそめた。

秋谷は横須賀市の相模《さがみ》湾側でもっとも葉山町《はやままち》に近い海沿いの住宅地だ。

「前も秋谷でミーナちゃんの事件起きたね」

夏希は数年前の天才少女誘拐事件を思い出した。

あのときの被害者であった龍造寺《りゅうぞうじ》ミーナはフランスにいると風の噂に聞いた。

すっかり大きくなっていることだろう。

「ええ、あの辺は横須賀でも別荘地的な場所っていうか、とにかく高級住宅地なんで狙われるターゲットが多いんでしょう。このあたりとは違って人目も少ないですしね」

平たい調子で石田は言った。

「犯人からのメッセージは出ているの？」

いくらか強い調子で夏希は訊《き》いた。

「犯行声明が出ているようです。俺には詳しいことはわかりません」

冴《さ》えない声で石田は答えた。

管理官席では佐竹義男《さたけよしお》管理官が気難しい顔で机上の書類のようなものを眺めている。

ふだんと違って夏希に気づくこともなかった。

「もう席に着かなきゃ」

夏希は石田たちを促した。

二人は捜査一課の捜査員たちが座っている長テーブルの席についた。

いつもの通り、夏希は管理官席近くに座った。

佐竹管理官は、夏希に気づいて声を掛けてきた。

「おう、真田、来たか」

「また、お世話になります」

夏希はつとめて明るい声を出した。

「うん……頑張ろうな」

佐竹は静かに言ってふたたび手もとに目を落とした。

佐竹が見ていたのは秋谷付近の地図だった。

なんとなく後方のドア付近を見ると、江《え》の島《しま》署の加藤清文《かとうきよふみ》巡査部長と北原兼人《きたはらかねと》巡査が駆け込んできた。江の島署も応援に入っているようだ。

加藤は片手を上げ、北原は頭を下げてあいさつしてきた。

二人はいちばん後方の席に座った。

講堂の時計は一一時を指していた。

しばらくすると、前方のドアから捜査幹部が入場してきた。

どこからか「起立！」の号令が掛かって、全捜査員が起立した。

最初に織田信和《おだのぶかず》刑事部長がゆったりとした足どりで幹部席に近づいてきた。

警察庁時代には個性的な色合いのスーツが多かったが、今日はミディアムグレーの地味なサマースーツに身を包んでいる。

刑事部長の職に就いてから、織田はおとなしいスーツを身につけるようになった。

親しかった織田は、仕事上でははるかに遠い場所に行ってしまった気がした。

続く制服姿の男性は、階級章から警視正とわかった。

おそらくは横須賀中央署の署長だろう。

頭には毛がなく、恰幅《かっぷく》がよい。定年近いと思われる四角い顔の太い眉《まゆ》が豪胆な印象を与える。

言葉は悪いが、因業大家というイメージだと夏希は思った。

さらにライトグレーのスーツを着た福島《ふくしま》一課長が席に着いた。

当然ながら、三人の表情は険しく硬い。

織田は座ったままの姿勢で口火を切った。

「刑事部長の織田です。僕が指揮本部長、高坂昌夫《こうさかまさお》横須賀中央署長が副本部長、福島正一《まさかず》捜査一課長が捜査主任となります。事件の性質上、会議の進行を急ぎます。概要を佐竹管理官、お願いできますか」

織田はゆっくりとした口調で、しかし進行を急いで佐竹に話を振った。

高坂署長が太い眉をピクリと動かして唇を歪《ゆが》める姿が見えた。

自分が副本部長としてあいさつできないことが不満なのかもしれない。

さっと佐竹管理官が立ち上がった。

「刑事部管理官の佐竹だ。横須賀市内で今朝八時半頃に幼児が誘拐された。被害者は依《よ》田《だ》信悠《のぶはる》くん五歳。横浜科学技術大学理工学部の依田信康《のぶやす》教授の長男で一人息子だ。誘拐事件と断定したのは、今朝九時四七分に県警相談フォームに犯人と思《おぼ》しき者から『依田教授の一人息子を誘拐した』とメッセージが入ったためだ。このメッセージを受けて横須賀中央署に確認したところ、信悠くんが行方不明となっていることが判明した」

佐竹管理官は言葉を切った。

スクリーンには、Tシャツを着た依田信悠のバストアップのポートレートが大きく表示された。

子どもモデルにふさわしいようなかわいい子だ。

緑の林を背景に無邪気に笑っている。

夏希の全身に緊張感が走った。

人質は幼児だ。大人と比べてはるかに弱い存在だ。

講堂内は静まりかえって、咳払《せきばら》い一つ聞こえない。

「連れ去りの詳しい状況を話す。信悠くんは市内芦名《あしな》の聖パウロ幼稚園の年長組に通園していた。今朝、八時半頃の登園バスに乗る直前に行方不明となった。バスが迎えに来る場所は依田家の自宅から数百メートル離れている。そこまでは依田家の家政婦である六八歳の大野《おおの》慶子《けいこ》さんがクルマを使って送っていた。ところが、大野さんのクルマにトラブルが発生し、近くの駐車場で対処しているうちに信悠くんの姿が見えなくなった。行方不明になったこの駐車場は横須賀市湘南国際村《しょうなんこくさいむら》一丁目の介護老人福祉施設の駐車場で、ふだんはあまり人目のない場所だ。大野さんはスマホで午前八時四〇分に一一〇番通報をし、横須賀中央署地域課員と同課秋谷駐在員が急行して捜索をした。現地の地図だ」

佐竹管理官は前方のスクリーンに視線を移した。

前方のスクリーンに事件発生現場のマップが映し出された。

続いて航空写真に替わった。

海からは数キロ離れている。

同じ秋谷と言っても、ミーナが住んでいた龍造寺邸とは違うエリアと言っていい。

佐竹管理官はこちらへ向き直った。

「信悠くんを発見できないでいるうちに犯行メッセージが入った」


スクリーンに一行だけの文字列が表示された。

――依田教授の一人息子を誘拐した。警察はいっさい動くな。

《キメラ》

夏希は犯行声明をじっと見た。

きわめて短文で、このメッセージからは犯人の特徴などはまったくわからないことは誰にでもわかる。自分の正体を覆い隠そうとすることに気を遣っているとしか思えず、知能の低い人物とは思えない。

「見ての通り、我々が捜索に動いていることを、犯人はすでに知っている。また、現時点での要求事項はない。犯人はキメラを名乗っている。ギリシャ神話に登場する怪物で、さらにあるゲームのキャラクター名だそうだ。なお、現時点で犯人と思《おぼ》しき者からのメッセージはこれ一度きりだ。現在も地域課員を中心として現場付近を捜索中だ。以上が事件発生の経緯だ。さらに、保護者の所在だが、父親の依田教授は講義のために八時過ぎに自家用車で大学に向かい、講義中に犯行声明を知って自宅に戻っている。母親の美穂《みほ》さんは夫と同じく研究者だ。学会に参加するために昨日から札幌《さっぽろ》市内のホテルに宿泊していたが、現在は自宅に急行しているところだ。依田教授の自宅にはSIS四班が犯人からの連絡に備えて待機している。この依田邸を本件の前線本部とする。なお、報道各社は誘拐報道協定に基づき報道をしていない。今回の捜査は非公開というわけだ。このことを全捜査員はじゅうぶんに認識するように。わたしからは以上だ」

言葉を終えると、佐竹管理官は織田の顔をちらっと見た。

織田は立ち上がって講堂内をちょっと見まわすと、口を開いた。

「五歳の幼児が誘拐されました。我々に課された使命は言うまでもありません。一刻も早く、依田信悠くんを救出することです。神奈川県警刑事部の総力を挙げて、信悠くんを救出します」

きっぱりと織田が言い切った。

福島一課長が立ち上がった。

「今後の捜査方針だが、まずは依田信悠くんの所在をいち早く把握しなければならない。状況から考えて犯人はクルマで逃走したとしか思えない。そこで、犯人が逃走に使った車両を割り出すために、徹底的な地取《じど》りを行う。必ず目撃者はいるはずだ。横須賀中央署刑事課と捜一を中心に捜査員を出す。また、誘拐事件では被害者の関係者が犯人もしくはその周辺にいることがある。依田教授夫妻の周辺に対して徹底的な鑑《かん》取《ど》り捜査を行う。こちらには近隣所轄の刑事課員と捜査一課から人員を出す。もう一グループは信悠くんが連れ去られた現場付近の捜索だ。これには横須賀中央署の地域課に協力をお願いしたい。さらに、犯人からのメッセージに対応する者を置く」

福島一課長がここまで言い終えたときである。

「刑事部長、発言していいかね」

傲然《ごうぜん》とした調子で声を出したのは、高坂署長だった。

「はい、お願いします」

織田は恭敬な態度で頭を下げた。

いくら相手がノンキャリアだとしても、階級は同じだ。また、相手は退職前くらいのベテランだ。

織田でなくとも高坂署長は尊重するしかないだろう。

「一課長の指示にわたしは若干、異論があってね」

高坂署長は薄ら笑いを浮かべた。

福島一課長は引きつった顔で高坂署長の顔を見た。

「どこがまずいですかね」

福島一課長がおだやかな声を出そうと努めていることが、夏希にはわかった。

二人はノンキャリアの叩《たた》き上げで警視正で、年齢も同じくらいだ。

つまり本来的には、警察官としてはほとんど同格と言える。

福島一課長は高坂署長に「なにをアヤつけてんだよ」くらいのことは言ってもおかしくないはずだ。

だが、おだやかな性格の福島一課長はへりくだった態度をとっている。

「いや、なに、捜査の方向性だよ」

唇を歪めて高坂署長は言い放った。

「方向性がおかしいと言うんですか」

さすがにムッとしたような声で福島は言った。

「だってさ、いちばん怪しいのはその大野慶子とかいう家政婦じゃないかね。その女といるときに子どももはいなくなったんじゃないか。第一に被疑者と考えるべきだ。まずはその女を攻めなきゃならんだろう。その女から動機につながることは出てないのか」

高坂署長はきつい声で訊《き》いた。

「いまのところ、そのような話は出ていません」

福島一課長は静かに答えた。

「その女は何年くらい、依田家に勤めているんだね」

高坂署長は重ねて問うた。

これは福島一課長は知らなかったようだ。

佐竹管理官にかすかにあごをしゃくった。

「二〇年以上と聞いています」

佐竹管理官が横から答えた。

「そんな長い間なら、主人一家に積もる恨みがあってもおかしくないだろう。動機はじゅうぶんにあるじゃないか」

薄ら笑いを浮かべて高坂署長は言った。

夏希は驚いた。予断は禁物というのは、捜査の第一歩だ。

高坂署長は予断だけでものを言っている。

副本部長のこのような発言は、捜査の方向性を大きく歪《ゆが》めるおそれが強い。

「しかし、大野慶子さんには横須賀中央署の地域課員がずっと付き添っていました。犯行声明を送る暇などありませんでした」

佐竹が反論を試みた。

「おいおい、誘拐なんてのは単独犯は少ないんだ。たいていは複数犯だ。共犯がいるんだよ」

この発言は間違ってはいない。

だからといって、大野慶子を犯人扱いする理由にはならない。

「捜一の捜査員が大野さんからひと通りの事情は聴取しています」

佐竹は苦々しい顔で言った。

「まずその女をここへ連行してきて、がっちり尋問するべきだ」

高坂署長は声の調子を高めた。

夏希の驚きは怒りへと変わってきた。

すでに捜査一課員が事情聴取を行って、嫌疑は薄いと考えられているのに大野慶子の身柄を拘束しようというのか。根拠は直感でしかない。この警察官には人権意識は存在しないのか。

「大野さんに任意同行を掛けるということですか」

驚いた調子で織田は訊いた。

「まぁ、いまの段階じゃあ、裁判官も逮捕状は発給せんだろうからな」

笑い混じりに高坂署長は言った。

当たり前のことだ。こんなことで逮捕されてはかなわない。

大野慶子はむしろ被害者ではないか。

「いや、聴取は被害者宅で行います」

織田ぴしゃりとはね付けた。

「そんな悠長なことを言っている間に、人質の子どもになにかあったら、どうするつもりだ」

居丈高な調子で高坂署長は言った。

「いや、任意同行できるだけの事情がありません。どんな事態でも人権は尊重されるべきです」

重ねてつよい調子で織田は断った。

「官僚さんは批判を嫌うからな。良識で犯人が捕まるのかね」

皮肉たっぷりの調子で高坂署長は言った。

織田の顔はわずかにこわばったが、なにも言わなかった。

「実は報告していませんでしたが、大野慶子さんは現場付近で失神して、ほかのクルマのボンネットに頭を打ちつけて救急搬送されています。現在は長坂《ながさか》の横須賀市立市民病院に入院しています。地域課員が一名ついています」

佐竹管理官は気弱な調子で言った。

夏希もちょっと驚いたが、状況を聞くに脳震盪《のうしんとう》だと思われた。重症の場合には生命《いのち》の危険にも及ぶが、ふつうは時間とともに回復する。

「捜一の捜査員を市民病院に向かわせてください。医師の許可に基づいて可能なら大野さんに事情聴取すること。無理はしないでください」

織田は毅然《きぜん》とした態度で命じた。

「了解しました」

佐竹管理官は講堂内を見まわした。

「ああ、石田だ。おまえがいい。大野慶子さんの入院先、横須賀市立市民病院におまえと小堀が行け。医師の許可を受けて可能なら事情聴取をしろ。患者に無理はかけるな」

佐竹が早口で命ずると、石田と小堀はさっと立ち上がった。

「了解です。二名で直ちに市民病院に向かいます」

そろって一礼すると石田と沙羅は早足で講堂を出ていった。

石田と小堀なら無理をするはずはない。

夏希は安堵《あんど》した。

「ふんっ」

高坂署長は鼻から息を吐いてなにも言わなかったが、織田をギロリと睨《にら》んだ。

「それから、なんでうちの刑事課員が地取りばかりなんだね。まさか所轄は道案内と思っているわけじゃないだろうね」

高坂署長は嫌味っぽい口ぶりで言った。

「そんなことは誰も考えていませんよ」

福島一課長が低い声で答えた。

この高坂署長だって、必ず本部にいた時期があるはずだ。

そんな古くさい嫌味を持ち出さずともいいだろうに。

「できれば、鑑取りはうちの署の刑事課員を中心にやらせてほしいんだがね」

高坂署長は意味のわからない提案をした。

「横須賀中央署の捜査員のほうが地元の道などに詳しいと考えただけですがね。では、地取り捜査は近隣所轄署捜査員と捜一から人員を出し、鑑取りは捜一と横須賀中央署の刑事課で組むことにしましょう」

だが、福島一課長はあっさり妥協した。

まぁ、どの捜査員だって、じゅうぶん役割は果たせるだろうが。

パッと見ると、加藤が手を挙げかけている。

高坂署長の提案に不満があるのだろう。夏希も同じだ。

しかし、いつもの調子で加藤が反論を主張すれば、高坂署長はますます意固地になるだろう。

どうせ署長など、この会議が終われば指揮本部にはあまり顔を出さない。

「さすがにそれはちぐはぐでしょう。もとの福島さんの提案でよろしいと思います」

織田はふたたびあっさりとはね付けた。

「なんだって」

高坂署長は声を尖《とが》らせた。

「当然ながら、各署の刑事課員はさまざまな捜査能力に富んでいますよ。ここには過去に大きな実績を持つ捜査員も顔を揃えています」

平坦《へいたん》な口調で織田は言った。

加藤も織田の言葉に納得したのか、浮かしかけていた腰を落ち着けた。

「うちは大規模署だ。当然ながら優秀な人材が配置されているのだがね」

不愉快そのものの声で高坂が言った。

二度も織田に提案をはねられたことで、高坂署長はかなり機嫌を損ねているようだ。

「それからいちばん大切なことだが、犯人のメッセージに対応する人間だ。本来は、特殊がふさわしいと思う」

まぁ、それはそうだろう。

だが、いまのところ犯人は電話を掛けてきてはいない。

近年は電話は発信元が明らかになりやすいということが世間に伝わって、さまざまな事件の脅迫メッセージはテキストベースであることが多い。

ＳＩＳもテキストによる犯人との対話の訓練に取り組み始めているが……。

「しかし、ＳＩＳは被害者宅で待機しており、増員は難しい状況です」

佐竹管理官は冴《さ》えない声で言った。

ＳＩＳは捜査一課特殊犯捜査係である。

とくに第一係は誘拐、人質立てこもりのエキスパート集団である。

四班の班長は、夏希とは何度も仕事で一緒になった島津《しまづ》冴美《さえみ》だった。

「うちの強行犯係長はＳＩＳの出身だ。その者を犯人のメッセージと対峙《たいじ》する担当者にしよう」

高坂署長は新たな提案をしてきた。

夏希としては仕事を代わってもらえるのなら、そのほうがいいくらいだった。

犯人との対話は、いつも最大限の緊張を強いられる仕事だ。

「数々の実績を持つ科捜研の心理分析官が担当します」

福島一課長がはっきり言った。

やはり犯人との対話は夏希の仕事だろう。しかし、ついに夏希の仕事にまで話が波及してきた。

「警察官じゃないのかね」

うさんくさげに高坂署長は訊《き》いた。

「いえ、階級は警部補です」

首を横に振って福島一課長は答えた。

「では、その者とうちの係長の二人態勢ではどうかね」

高坂署長は食い下がった。

どうしても横須賀中央署の実績を上げたいらしい。

彼こそ、子どもの生命をどう考えているのだろう。

「その必要はないでしょう。対話担当は一人のほうが適当です。複数の者が判断するのではレスポンスが遅れることがあります」

織田はきっぱりと言い切った。

「サポートというか、アドバイス要員を配置しなくてもいいのかね」

不愉快そうな声で、高坂署長は訊いた。

「僕はかつて担当者を何度もサポートしてきました。僕がサポートにまわります」

いつもと同じように、刑事部長になっても夏希の相談に乗ってくれるというのはありがたい。

「本部長が警部補クラスのサポートにまわるというのか」

啞然《あぜん》とした表情で高坂署長は言った。

言葉が出てこないという顔つきだ。

「はい、必要ならどんなことでもしますよ」

かすかに微笑んで織田は答えた。

「織田部長。あんたは若い。上に立つ者はそんなことをする必要はない。本部長は幹部席でどっかと構えているべきだろう。すべての捜査員を統括するのが君の役目だ」

決めつけるように高坂は言った。

「統括と責任を取るのが僕の仕事です。たしかに僕は署長よりはずっと経験が少ないです。ですが、捜査本部で刑事部の皆さんと戦ってきた数は決して負けていませんよ」

明るい声で織田は言い放った。

きっと高坂署長は刑事部畑の出身ではないのだろう。

高坂署長は太い眉《まゆ》をブルブルと震わせている。

「わたしとあんたでは考え方が違うようだ」

ふて腐れたように高坂署長は言った。

「残念です」

織田はさらりと答えた。

「わたしはちょっと署長室に戻るが、よいかね」

高坂署長は音を立てて席を立ち上がった。

「はい、しばらく僕がここに詰めています」

織田は快活な声で答えた。

大股《おおまた》で高坂署長は講堂を出ていった。

織田は肩で息をついた。

福島一課長も佐竹管理官もおだやかな顔つきに戻った。

夏希もなんとなくホッとした。

「それでは横須賀中央署刑事課と捜一を中心に地取り班を、近隣所轄の刑事課員と捜査一課の者を中心に鑑取り班を作る。佐竹管理官、班分けのリーダーを頼むよ」

福島一課長は元気よく言った。

「了解です。おい、捜査員たちは全員、後方に集まれ」

佐竹管理官が声を掛けると、捜査員たちはいっせいに立ち上がった。

「真田はそこで犯人からのメッセージに対応するんだ」

にこやかに福島一課長は夏希に呼びかけてきた。

「わかりました」

夏希は頭を下げて元気よく答えた。

「織田部長、こんな重要な事件の指揮本部を抜けて、本当に申し訳ないのですが……わたしは都筑《つづき》署の強盗致死傷事件の捜査本部にも顔を出さなきゃならんのです。あちらも犯人が武器を持って逃走中なんで、緊急性には変わりがありません」

福島一課長は肩をすぼめて詫《わ》びた。

「大丈夫です。僕が詰めていますから、刑事部本部のほうは参事官にまかせてきました。ここは船頭はひとりのほうがいいって高坂署長が教えてくれました」

織田は片目をつむった。

「ははは、部長もおっしゃいますね。では、失礼します……そうだ、真田、期待してるよ」

頭を下げて福島一課長はきびすを返した。

講堂を出てゆく姿を見送っていた織田が、幹部席から立ち上がって近づいてきた。

「ご苦労さまです。真田さんの顔を見ると安心しますよ」

こういう言葉が、お世辞に聞こえないところが得なタイプかもしれない。

「お疲れさまです。刑事部長のお仕事も大変ですね」

いまのやりとりを気の毒に思って夏希は言った。

「いえ、理不尽な提案を、警察庁のアドバイザーの立場ではきちんと反対できませんでした。でも、いまは言うべき立場ですから、かえって楽ですよ」

織田は本気でそう思っているようだった。

たしかに以前の立場で、この本部に黒田《くろだ》前刑事部長がいなければ、高坂署長の勝手な言い分が通ってしまうかもしれない。

「さすがは織田さん……あ、織田刑事部長だと思いました」

夏希はあわてて言い直した。

「別に役職名をつけなくていいですよ。いままで通り呼んでください」

にこっと織田はさわやかに笑った。

「織田さんがトップに立ってくればわたしたちは安心です」

本気で夏希は言った。

「あはは、ありがとう。隣に座ってもいいですか」

白い天板の長テーブルにはノートPCがあるだけで、夏希が座っていた。

「もちろんです。どうぞ」

嬉《うれ》しさが夏希の声からあふれ出てしまった。

織田は夏希のすぐ横に座った。


【2】


「五島《ごとう》くんに頼んで犯人を誘導するチャットルームを新しいIPで作ってもらいました。形式はいつもの通りです」

織田が横からマウスとキーボードを操作した。

何回か使ったチャット形式のシンプルなフォーマットが現れた。

夏希はサイバー特捜隊の五島雅史《まさふみ》警部補の名前を聞いてなつかしさがこみ上げた。

神奈川県警に戻ってから、五島とは一度も会っていない。

異動とは不思議なものだ。

一枚の辞令で日頃の人間関係がまるきり変わってしまう。つい数ヶ月前まで五島とは隣のブースで仕事をしていたのだ。

日頃はお互いに忙しくて会う暇などあるはずもなかった。

「いまのところ、犯人が発信に使ったＩＰは判明していません。五島くんたちが解析中で、最終的にベリーズまでは辿《たど》れているようですが、その先がわかりません」

織田は気難しげな声を出した。

「ベリーズってどこですか？」

夏希は知らない国の名だった。

「中央アメリカのカリブ海沿岸に位置するイギリス連邦加盟の立憲君主制国家です。でも、ベリーズは経由地のひとつに過ぎないのです。あまり意味はありません」

織田は首をかるく横に振った。

「つまり、今回の犯人もネットに強い人物ということですか」

「はい、そう考えても間違いないでしょう。五島くんが解析しているのに、なかなか尻尾《しっぽ》がつかめないのですから」

浮かない声で織田は答えた。

「テキストで脅迫メッセージを送ってくるような犯人は、ＩＰ秘匿技術に長《た》けているというわけですね」

夏希もまた冴《さ》えない声を出した。

「そうでなきゃ、ネットカフェなどから送ってくるただの愚か者ですね」

織田は肩をすくめた。

ネットカフェからの脅迫投稿などは一〇〇パーセント発信元は判明する。犯人を逮捕するのも容易なことだ。

「問題は犯人がこのチャットルームに来てくれるかどうかですね」

犯人が返信してくれなければ対話にならない。

それでは、夏希がここにいる意味もない。

「必ず次のメッセージは来ます。とりあえず、犯行メッセージにリプライを入れてみましょう」

織田は力づよく言った。

「届くんでしょうか」

夏希は不安な声で訊《き》いた。

「ＩＰは秘匿してあってもメールアドレスは生きているというのが、僕と五島くんの見解です。このアドレスもドメインはbz……つまりベリーズです。メアドがなければフォームへの投稿はできない仕組みですが、デタラメでも通ってしまいます。でも、こちらからの応答がなければ、犯人は動きが取れないですからね。ところで、真田さんのハンドルネームですが、いつもと同じで行きましょう」

織田は少しだけ陽気な声を出した。

「また、あれ使うんですか」

夏希は渋い声で答えた。

「仕方がないでしょう。《かもめ★百合《ゆり》》は神奈川県警を代表する存在です。五島くんに言わせればふさわしい画像があれば、ネットミーム化するってことです」

嬉しそうに織田は言った。

「じょ、冗談じゃないです」

夏希は顔の前で右手を激しく振った。

《かもめ★百合》の名が妙な画像と組み合わされて、ネット上でおもしろおかしく使われることを想像すると、ジンマシンが出そうになる。

「さぁ、とりあえずリプを送りましょう」

織田はふたたび促した。

画面を覗《のぞ》き込んで、夏希は犯行声明をもう一度確認した。

——依田教授の一人息子を誘拐した。警察はいっさい動くな。

《キメラ》

犯行メッセージはただこれだけだった。

「さっき、佐竹さんも言っていましたが、キメラってゲームのキャラにもなっているんですね？」

夏希はよくは知らない。

「そうですね。ググってみたら、摑《つか》みどころのない性格と書いてありました。佐竹さんの言うとおり、あまり意味はないのではないでしょうか」

織田は首を傾げた。

こういうときに小早川《こばやかわ》がいてくれれば、詳しい説明や犯人がこの名前を選んだ意図がわかるかもしれない。

警備部管理官の小早川秀明《ひであき》の秀才っぽい顔が思い浮かんだ。彼はドルオタの一面があり、サブカルチャー全般について詳しい。有名なゲームのことならある程度は知っているに違いない。

刑事部にはサブカルチャーに詳しい人間はあまりいないような気がする。

石田は音楽には詳しそうだが……。

「キメラを名乗る犯人の性別はわかりませんが、それほど高齢ではないでしょうね」

夏希は画面を見つめながら言った。

「おそらくは僕たちよりは年下ではないでしょうか」

織田はうなずいたが、夏希としては同年輩のように言われることは釈然としなかった。

「『警察に言うな』というメッセージではなく、『警察はいっさい動くな』なので接触してもかまわないということですね」

しっかりと確認しておくべきことだ。

「はい、そう判断して間違いないと思います。幼稚園の登園バスの待ち時間に誘拐したことから考えても、警察には通報されると思っているはずです。最初から騒ぎになりますからね」

織田はきっぱりと言った。

この理屈には夏希も納得していたが、確認は取りたかった。

「では、こちらからの呼びかけメッセージを作ります」

夏希はキーボードを叩《たた》いた。


――キメラさん、はじめまして。県警刑事部のかもめ★百合です。あなたとお話ししたいです。お返事をください。お待ちしています。


「こんなのでどうでしょう？」

夏希は画面から顔を上げて織田の顔を見た。

「最初はその程度でいいと思います。送信してください」

織田はあっさりと答えた。

送信ボタンをクリックする夏希の心臓は激しく収縮した。

いつも犯人にメッセージを送るときは、とくに最初に呼びかけるときには緊張の極みとなる。

なんの反応もなかったが、いつものことだ。

とは言え、今回は幼児の生命《いのち》が懸かっている。

祈るような気持ちで、夏希は画面を見つめていた。

「とにかく、返信を待ちましょう」

織田は静かな口調で言った。

佐竹管理官が戻ってきた。

捜査員たちはすでにほとんどの者が出ていったあとで講堂はガランとしていた。

加藤と北原の姿も見えない。

「いや、参りましたね。ああいうロートル警視正署長には」

派手な嘆き声を出しながら、佐竹管理官は織田に近づいてきた。

「佐竹さん、その呼び名はちょっと……」

渋い顔で織田はたしなめた。

「あ、すみません」

わざとらしく佐竹管理官は頭を掻《か》いた。

「気持ちはわかりますけど」

本音では高坂署長に文句をつけたいだろうが、織田は感情の抑制に慣れている。

「しかし、ああいう人は自分がいちばんえらいと思ってますからね。たしかにノンキャリじゃいちばんえらいわけですけどね」

吐き捨てるように佐竹管理官は言った。

「そうなんですか」

署長がそんなにえらいのだろうかと思って夏希は訊いた。

「高坂署長は警視正署長だ。一五〇〇〇人以上も警察官がいる神奈川県警だが、警視正は何人もいないんだ。さらにノンキャリアでは十数名だ。全国的にも警察官総数の〇・三パーセントしかいないと言われている」

佐竹管理官は唇を尖《とが》らせた。

「少ないんですね」

思っていたよりずいぶん少ない。

「警視までは地方公務員で警視正からは国家公務員になる。そして、地方警察官という身分に変わる。言ってみれば、国家公務員が地方警察に出向しているというわけだ。で、神奈川県警の警視正は大規模署のうち、一二署の署長に就く役職だ。それら以外の各署長は警視が就く。あとは方面本部長やほんの一部の役職だけが警視正ってわけだよ。いずれにしてもノンキャリアのほんの数パーセントの者だけが、定年前に登りつめる役職だ。それより上は織田部長のようにキャリア採用の方しかいないんだよ。

当然ながら、高坂署長は優秀な警察官だったはずだ。試験もいくつもパスしてきただろうし、世渡りも上手でなければ警視正まで登り詰めることはできない。だから、自分がいちばんえらいと思っているんだ。おそらくキャリア出身の本部長よりな」

皮肉っぽい調子で佐竹管理官は言った。

「同じ警視正でも、僕なんぞは現場もロクに知らない小僧っ子と思われてますね」

織田は声を立てて笑った。

「知らないんですよ。織田部長が警察庁時代からどんなに現場に出てきて大活躍なさったかってことを」

佐竹管理官は渋い顔つきで答えた。

「やめましょう。こんな話にはなんの生産性もない」

苦り切った口調で織田は言った。

「これくらいにしときます。でも、わたしゃああいう人の下で副署長はやりたくないですね」

佐竹管理官はにっと笑った。

「もし佐竹さんが所轄に出るとしたら、署長以外にはないと思いますよ」

やわらかい声に戻って織田は言った。

「そりゃ幸いですね。わたしは思うんですけど、あの人は刑事畑じゃないですね。大野慶子を疑えなんて見当違いも甚だしい……」

佐竹は口をつぐんだ。

入口に高坂署長の制服姿が現れたのだ。

「部長、こんな席でなにをしてるんですか」

叱責《しっせき》めいた口調で、高坂署長は訊《き》いた。

「さっき申しましたとおり、メッセージ対応のサポートをしています」

織田はさらっと答えた。

高坂署長は夏希の顔をちらっと見た。

「女か……まぁ美人だな」

見下すような口調だった。

夏希はめちゃくちゃに腹が立った。

テーブルの上の自販機コーヒーを高坂署長の頭に投げつけてやりたいほどだった。

神奈川県警に入ってから、こんな態度をとられたことはない。

「はい、真田と申します。生まれたときから女です」

不快感を隠さずに夏希は答えた。

「なんだって？」

高坂署長の声が裏返った。

太い眉毛《まゆげ》がぷるぷる震えている。

「真田は神経科学博士号を持つ医師であり、特別捜査官として採用された警部補です」

織田が夏希をかばうように言った。

「つまり織田部長と同じく、お勉強で採用されたってわけか。お勉強で捜査ができりゃ苦労はしない。ましておまえのような女じゃな」

小馬鹿にしたように高坂署長は言った。

織田や自分が積み上げてきた見識や知識をなんだと思っているのか。

経験はなにより大事だ。

しかし、勉強という論理的な体験は負けずに大切なものだ。

本を読んで学ぶことは、自分が体験できない先人の叡智《えいち》を自分に取り込むことだ。

そうして思考を積み重ねることで、我々は成長するのだ。

それにしてもなんという女性蔑視《べっし》の男だろう。

いまだにこんな男が上に立っているのか。

「署長、最近はそういう発言は問題視されますよ」

不愉快そうに織田は諫《いさ》めた。

「本当のことを言ってなにが悪い」

開き直ったように高坂署長は答えた。

「パワハラ、セクハラ発言との誹《そし》りを受けます」

織田は感情を抑えているように見えた。

「だいたい、警察は男の世界なんだ。機動隊員などで女は使えん」

せせら笑うように高坂署長は言った。

「女性警察官特別機動隊を知らないわけじゃないでしょう」

皮肉めいた口調で織田は言った。

各警察署の女性警官から選抜されて警備任務に就く部隊は、神奈川県警ばかりではなく各都道府県警に設置されている。

「イベントや雑踏警備にしか役に立たんじゃないか。テロを防ぐには、鍛えた男の身体が必要なんだ。ありゃあお飾りだよ」

笑い混じりに高坂署長は言った。

「賛成できませんね、そういうジェンダー差別発言は」

うっすらと顔が赤い。織田は本気で怒り始めたようだ。

織田が本気で怒る姿は珍しい。

しばし夏希は怒りを忘れた。

「なにっ」

高坂署長は噛《か》みつきそうな顔つきで織田を睨《にら》んだ。

そこへ連絡係の制服警官が駆け寄ってきた。

「佐竹管理官にお電話が入っていますっ」

緊張した声で若い制服警官は言った。

「誰からだ？」

聞きながら佐竹管理官は管理官席に戻った。

「前線本部の島津班長からです」

連絡係の言葉が宙に留《とど》まっているうちに、佐竹管理官は卓上の電話を取った。

「佐竹だ。なにがあったんだ？」

受話器から冴美の声が漏れている。

「え？　何だって？　すぐにこっちに送れ。ＳＩＳは現状のまま待機。追って指示する」

佐竹管理官は受話器を叩《たた》きつけるように置いて、目の前のＰＣを操作した。

「ついに来たな……」

画面を見ながら佐竹管理官はうなり声を上げた。

すぐに夏希たちに歩み寄ってきた。

「犯人を名乗る者から依田教授のメールアドレスに対して身代金の要求がありました」

佐竹管理官は厳しい顔つきで言った。

「なんですって！」

「そりゃあ」

「ううむ」

夏希たちは誰しも声を上げた。

「おい、君、俺のパソコンに表示されているメールをスクリーンに映してくれ」

佐竹管理官は制服警官に声をかけた。

「はい、ただちに」

制服警官は管理官席に走り寄って、立ったままパソコンを操作した。

スクリーンにずらずらと文字列が表示された。

——次の口座に暗号資産で二〇〇万ドルを振り込め。午前〇時までに入金を確認できない限り、信悠を殺害する。

続いて外国の暗号資産取引銀行口座の番号が記してあった。

相手先もまた《ＣＨＩＭＥＲＡ》だった。

「二〇〇万ドル……日本円にしたら三億二〇〇〇万円近い金額か」

織田は低くうなった。

「そんな金、個人には用意できない……」

途方に暮れたような佐竹の声だった。

「ふざけやがって」

高坂署長はつばを飛ばした。

「真田さん、すぐに返信してください」

毅然《きぜん》とした声で織田が命じた。

「どんな返事を書きましょうか」

念のため、夏希は訊《き》いた。

「とりあえず、要求を確認したとだけ返信すればいいと思います」

迷いなく織田は言った。

《キメラ》

「わかりました」

夏希はキーボードに向かった。

——要求は確認しました。あなたの希望はよくわかりました。これよりわたしたちで対応を協議します。信悠くんの安全をなにより優先してください。

「なんだ、その甘っちょろい返事は」

いきなり高坂署長の失礼な声が飛んできた。

「犯人を興奮させてはなりません。あくまでも寄り添う姿勢を保ちながらコミュニケーションを図っていきます」

夏希は淡々と答えた。

「寄り添う姿勢だと。犯人にか。理解できんよ」

小馬鹿にした声で、高坂署長は言った。

「あなたに理解できなくとも、これは基本的なセオリーに従ったメッセージなのです」

夏希は今度も感情を抑えて平らかな声で言った。

「警部補の分際でわたしのことをあなた呼ばわりするのか？」

高坂署長は怒りに震えて言った。

だが、夏希だっておまえと呼ばれる筋合いはない。

「では、署長、わたしのこともおまえと呼ばないでください。相互理解はカウンセリングの第一歩です」

夏希がはっきり言うと、意外にも高坂署長はひるんだ。

「真田はカウンセラーだったのか」

高坂署長はなんとなくばつが悪そうに訊いた。

「そうです。精神科医としての臨床経験もあります。臨床心理学の知見をこうした捜査で発揮しているのです」

夏希に代わって織田が答えた。

「ふんっ、勝手にするがいい。人質になにかあっても、すべては織田エリート部長の責任だからな」

高坂署長は鼻から息を吐いた。

「仰せの通り、僕はすべての責任を取ります。ですから、副本部長としての意見は大いにけっこうだが、判断には従ってもらいます」

織田は静かに言った。

高坂署長は目を剝《む》いてからくるっときびすを返すと、幹部席に戻っていった。

しばらく待ったが、返信はなかった。

「真田さん、今の身代金要求メッセージは依田教授のパソコンに送りつけられたものです。こちらに転送してもらうことはできます。また、こちらに依田教授のメール環境を設定することも可能でしょう。ですが、依田邸の前線本部に向かってくれませんか。あちらの依田教授のパソコンのメーラーからなら直接犯人に返事できます」

言葉と同時に、織田は微妙な目配せをした。

高坂署長の余計な口出しを避けようというのだろう。

「了解しました。ただちに出発いたします」

夏希はハキハキと答えた。

「いま、クルマを手配します。なにか迷うことがあったら、僕のスマホに電話してください」

織田は夏希の目を見ながら言った。

「おい、誰かパトカーを手配してくれ」

佐竹管理官が威勢よく命じた。

「了解しました」

さっきの制服警官が元気よく答えた。

しばらくすると、その警官はパトカーの準備ができたことを報《しら》せてきた。

「二〇分ちょっとで着きます。途中で現場の駐車場に寄ってみてください。現場に詳しい者に運転させます。緊急走行してもらってかまいません。こちらでなにかあったときには、すぐに真田さんのスマホに電話します」

幹部席から織田が声を掛けてきた。

高坂署長はふんぞり返ったまま、黙ってそっぽを向いていた。

「では、行って参ります」

頭を下げて夏希は講堂を出た。

署長と顔を合わせなくて済む。

織田にこころの中で感謝しながら、夏希はエレベーターに乗った。

【3】

パトカーの運転者は横須賀中央署の略帽をかぶり、活動服の上に防刃ベストをつけた若い巡査だった。

夏希が正面玄関まで出ると、パトカーのかたわらに立って待ち構えていた。

「お疲れさまです。横須賀中央署地域第二課の豊島《とし ま》です」

豊島は生真面目な調子で敬礼した。

「科捜研の真田と申します。よろしくお願いします」

夏希はにこやかにあいさつした。

「とにかく後ろへどうぞ」

豊島は後部座席のドアを開けた。

「かの真田警部補にお目に掛かれるとは光栄です」

パトカーを始動させた豊島は、いきなり言ってきた。

「え？　わたしですか？」

横須賀中央署の地域課員にまで名前が知れ渡っていることに、夏希は驚いた。

「数々のご活躍を伺い、かねがね尊敬しております」

まじめな声で豊島は言った。

「わたしの噂をしたら罰金とりますよ」

冗談めかして夏希は諭した。

「は、すみません」

まじめに恐縮する豊島が気の毒になって、夏希はそれきり黙った。

横浜横須賀道路を逗子《ずし》インターで下りて逗葉新道《ずようしんどう》から県道二一七号に入った。

いくつものトンネルを抜けてゆく。トンネルの切れ目から見える景色は人家などはなく、深い森のように感じる。

「葉山にこんなに森が続いている場所があるなんてビックリです」

豊島の背中に向かって夏希は声を掛けた。

夏希は葉山は海沿いの景色しか知らなかった。

「このあたりはね、三浦《みうら》半島脊梁《せきりよう》部分の最後に残った広大な山なんですよ。新沢《しんざわ》トンネルを出ると、もう湘南国際村エリアです」

豊島がそんなことを言っているうちに、パトカーはトンネルを出た。

「ここからは混むことはありませんから」

さっと豊島はサイレンを消した。

湘南国際村入口という交差点からは歩道が整備された快適な道路が続いている。

自然木を利用したような並木道も美しいが、あたりは畑地が続く。牧場も見える。

「湘南国際村ってなんですか？」

夏希はいまだに県内のいろいろな場所についての知識が乏しい。

「神奈川県が策定した『湘南国際村基本構想』などによって、いままで通ってきた脊梁地域を切り拓《ひら》いて作った葉山町と横須賀市にまたがる多目的区画地域です。大学や企業のセミナーハウス、研修センター、それから湘南国際村センターという宿泊滞在型研修施設もあります。さらに一部地域は海と富士山が見える住宅地として開発されました。バブルの頃は一軒で一億円を超えるような建売り住宅もあったと聞いています。わたしも臨場しましたが、今回の事件が起きた駐車場は湘南国際村の外れにあります。ちなみに湘南国際村も秋谷地域も本署の管轄区域です」

さらさらとよどみなく、豊島は説明した。

地域課だけあって、横須賀市内のことには詳しいのだろう。

しかし、横須賀中央署の管轄区域は広い。

横須賀市内にはほかに横須賀南署と田浦《たうら》署があるはずだ。

横浜横須賀道路や逗葉新道を使ってかなり走ってきたはずだ。

「このあたりは高級住宅地が多いのですか」

石田の言葉を思い出して夏希は訊《き》いた。

「海沿いはもちろんですが、山のなかにも湘南国際村や逗子市の披露山《ひろやま》庭園住宅地など高級住宅地はありますね。警察官には縁のない話ですがね」

豊島は低い声で笑った。

そう言えば披露山にはかつての事件で足を踏み入れたことがある。

が、そのことは黙っていた。

さらに長いトンネルを抜けた。

「よく見えないかもしれませんが、左手の丘の上に高級住宅地がひろがっています。とんでもない豪邸もありますよ。さぁ、この右手の駐車場が現場です。《よこすかひまわりの里》という介護老人福祉施設の駐車場です。こちらに警察車両が入ることには許可をもらってます」

豊島は駐車場にパトカーを乗り入れて、駐車車両の邪魔にならないように駐めた。

この駐車場は柵《さく》がない土の広場に過ぎない。

職員用なのか、さまざまな自家用車が駐車していた。後方にはクルマは駐まっておらず、その後ろにはたくさんのヒマワリの花が咲いていた。

目の前には真新しい数階建ての複雑なデザインの建物が三つ並んでいる。

それぞれ形が違う。スマホのマップで見ると、右手から大手造船メーカーのセミナーハウスと介護老人福祉施設の《よこすかひまわりの里》、さらに隣は化粧品メーカーの研修施設のようだ。

豊島はさっと走って後部座席のドアを開けた。

考えてみれば、パトカーの後部座席は車内からは開けられないのだ。

重役気分というより、犯人気分だと夏希は苦笑した。

「依田家の家政婦の大野慶子さんは、ちょうどこの駐車場を勝手に拝借しているうちに信悠くんを連れ去られたということでした」

外へ出るなり、豊島は事件発生の状況を説明し始めた。

「クルマもここに駐めていたのですね」

夏希の言葉に、豊島は静かにあごを引いた。

「ええ、少し前のワゴンRだそうです。先月くらいまでは県道に停車してバス待ちをしていたそうですが、秋谷の駐在所員に注意されてからはこっそり《よこすかひまわりの里》に入っていたそうです。バス待ちと言ってもせいぜい五分だと言っていました。施設の人から注意されることもなかったそうです。で、今朝もこの駐車場に入ったのですが、入ってすぐにタイヤがパンクしていることに気づいたそうです。それで泡を食ってスペアタイヤやジャッキを確認したそうです。でも、自信がなくてJAFに電話していたらしいです。そこへ聖パウロ幼稚園の登園バスがやって来て、あわてて信悠くんを引き渡そうとしたら、どこにもいなかったそうです。ちなみにワゴンR

を駐めていたのはあのあたりだそうです」

入口から一〇メートルほどの位置を豊島は指さした。

「あのあたりですか……」

夏希は低い声で答えた。

どう考えてもパンクが偶然ということはあり得ない。

犯人がひそかに工作したものとしか考えられない。

タイヤのサイドウォールを、千枚通しかキリのようなもので傷つけることはさして難しくはない。

「信悠くんがいないことに気づき、大野さんも幼稚園の先生も真っ青になったそうです。それで、一一〇番通報をして我々横須賀中央署地域課と秋谷駐在所駐在員が駆けつけました。最初に臨場したのは駐在員です。二番目がわたしたちのパトカーです。そのときには登園バスは幼稚園に向かって出発した後でした。バスは平作《ひらさく》地区の子どもを乗せてから上の湘南国際村で幼稚園生を乗せると、この場所に寄って、トンネル方向に進みます。葉山町の一色《いっしき》の子どもを乗せて海に出て国道一三四号を通って幼稚園のある芦名に向かうのです」

豊島はしっかりと誘拐の状況を説明してくれた。

左手は下りの坂道だが、バスのコースはこの道は下らないらしい。

なるほど、警察が誘拐の事実を知らないわけはない。

犯人は警察が当初から動くことをじゅうぶんに知っていたに違いない。

「それにしても、この駐車場は広いですね」

夏希の実感だった。

地図を見て想像していた現場よりは広い。

「差し渡し五〇メートルはありますね。ですが、ここには見ての通り防犯カメラはありません。また、道路の反対側の各施設の防犯カメラはこの駐車場は範囲外です。駐車車両の車載カメラに期待したいところですが、八時半だと当直の職員が乗ってきたクルマだけなので八台ほどです。刑事課が職員から映像を提供してもらって解析中ですが、後方の不審者を捉《とら》えている映像はいまのところ見つかっていないようです」

豊島は肩をすぼめた。

防犯カメラ映像があれば捜査は格段に進むのだが、今回は難しそうだ。

現在はたくさんの事件が防犯カメラ映像をきっかけとして解決することが多い。

周到に犯罪の計画を立てる人間であれば、計算に入っているはずだ。

「隣接している地域もなにもありませんね」

夏希は右手に視線を移して言った。

「右手に隣接しているのはちょっと離れたところにあるドッグランの第二駐車場、さらに右隣は湘南国際村西公園の駐車場です」

「後ろはヒマワリ畑ですか」

こころの花だけに夏希は注目した。

「ええ、ここドッグランの駐車場の南側の土地は同じ地権者なのかヒマワリ畑になっていますね。治安はいいし、まったくのどかで開放的なところです。まさかこんな場所で誘拐事件が起きるとは、考えられないことですよねぇ」

嘆くような声で豊島は言った。

「いえ、これだけ開放的だからこそ、連れ去りが目立たなかったのかもしれません。ここが見えるのは向かいの《よこすかひまわりの里》だけだと思います。でも、たぶん距離があるのでこっそり子どもを連れ去っても誰も気づかないかもしれません。さらに隣のドッグランの駐車場にバンなどをアイドリングさせておいて葉山方向に逃走したら、誘拐は成功するように思います」

きっぱりと夏希は言った。

「たしかに仰せの通りですね」

豊島は神妙な顔でうなずいた。

「おそらく、犯人はこのあたりの地形や幼稚園バスの運行状況について詳しい知識を持つ者ですね」

夏希は考え込んだ。

「この場所が、実は人目につきにくいということは、しょっちゅうパトロールしている我々はみんな知っています。駐車場の背後は下り勾配《こうばい》の斜面なので、下の方からほとんど見えないのです。見えるのはさっきも話に出ましたが、《よこすかひまわりの里》ですが、八時半というと入所者の朝食時間です。あそこの職員でもよほどの偶然がない限り、この駐車場は見ていないでしょう」

言葉に力を込めて豊島は言った。

地元の不審者などを洗い出す地取りに力を入れるべきか、被害者の依田夫妻の鑑取りに力を置くべきか……。

「ちょっと隣の駐車場も見てみたいのですが」

夏希が言うと、豊島は嬉《うれ》しそうにうなずいた。

「ご案内します」

早く依田邸の前線本部に向かうべきだが、犯行現場にはそう何度も来られないかもしれない。

幸い、いまのところ織田からの連絡はない。

隣の駐車場はロクに整地さえされていないただの広場で、入口には柵《さく》もなかった。

現在は三台しか駐まっていない。

二台は赤と黄色の軽自動車、一台はシルバーメタリックのライトバン。

「え……」

夏希の目はライトバンに釘付《くぎづ》けになった。

ラゲッジルームにはケージらしきものが見える。

そのとき、前の県道からライトブルーの鑑識活動服に身を包んだ男が入ってきた。

右手にはリードを持っている。

その先には期待に違《たが》わず黒いスマートな犬の姿が見える。

「なんだ、真田も呼ばれてんのか」

小川は笑みを浮かべて歩み寄ってくる。

「アリシア！」

夏希は小川の言葉に答えずに、アリシアに飛びついた。

「くうん」

アリシアは夏希の顔をじっと見つめて鼻を鳴らした。

だが、ハーネスを着けているので夏希に抱きついては来ない。

しゃきっとした姿勢を保って尻尾《しっぽ》をピンと立てている。

「お仕事中だもんね」

夏希は控えめに頭を撫《な》でた。

アリシアは目を閉じて、気持ちよさそうにした。

豊島はあっけにとられて見ていた。

「本部鑑識課の小川さんとアリシア」

気恥ずかしくて夏希は紹介に移った。

「横須賀中央署地域第二課の豊島です」

さっと身体を伸ばして豊島は挙手の礼をした。

「お疲れ」

小川は面倒くさそうに自分の鑑識キャップのツバに手をちょっと触れた。

これで挨拶《あいさつ》のつもりだから、まったく小川という男は……。

「お疲れさまです。そちらが何度も表彰されているアリシア号ですね」

アリシアを見て、豊島は嬉しそうに言った。

姿勢を崩さずアリシアはおとなしくしている。

豊島にあまり関心はないようだ。

「まぁな。県警一の、いや世界一の警察犬だ」

小川は平然とのろけた。

アリシアは舌を出してハアハアと息をしている。

犬には足の裏と鼻先の一部を除いて汗腺《かんせん》がないために、ほとんど汗をかけない。

こんな暑い日は舌を出して体温調整をするしかないのだ。

「はぁ」

豊島はなんと返事していいかわからないような顔をした。

「豊島さんにはここまで送ってもらったんだ。それで成果は上がったの？」

さっきから小川の機嫌がいいから、なにかしらの成果はあるだろう。

「なにを言ってんだ。アリシアが臨場してんだぜ」

小川はふーんと鼻を鳴らして胸を反らした。

「あんまりそっくり返ると後ろへ転んでケガするよ」

夏希は笑いながら言った。

「ほっとけ」

小川は歯を剝《む》きだした。

豊島はぼう然と、アリシアはきょとんと夏希と小川の会話を聞いている。

「あのな、あとで報告するけど信悠って子はこの駐車場から外へ連れ去られた」

小川は真剣な表情で言った。

「本当なの？」

夏希は身を乗り出して小川はあごを引いた。

はっきりと小川はあごを引いた。

「さっきこの下の依田宅に行って、教授から洗ってないハンカチとか借りてきたんだよ。そんでアリシアに追わせたら、どんぴしゃさ。最初はウロウロ迷ってたんだよ。マップで見たら、ここってドッグランの駐車場じゃないか。雨に流されたりしてるだろうけど、それでも犬の匂いが残ってるんだな。でも、数分のうちに、この広場んなかで、その子どもの匂いを見つけた。だけど、その道路の手前から跡を追えなかったんだ。だから、犯人はこの広場から子どもをクルマに乗せて逃走したことは明らかだ」

小川は自信たっぷりに答えた。

「そうか、匂いが消えちゃったんだ」

夏希はがっかりすると同時に、アリシアには感心するほかなかった。

当のアリシアはつぶらな目で小川を見ている。

「真田も知っての通り、クルマを使われちまうと、アリシアには跡を追えないからな……。道路上でもさんざん試してみたけど、反応はなかった。間違いなくここからはクルマだ。つまりこのあたりの捜索は無駄だ」

小川は少しの迷いもなく断言した。

「うちの地域課が二〇人態勢で捜索をしています。休暇中の者も出てきているはずです」

横から豊島が言った。

「みんな通常業務と休暇に戻ったほうがいいな。俺が織田部長に連絡しとくよ。まぁ、この先はアリシアの出番はないかもしれない。潜伏先が見つかりゃ別だがな」

悔しげに小川は言った。

「でも、クルマを追うしかないってわかったのは、大きな成果じゃない」

夏希はあらためて小川とアリシアを賞賛した。

「そういうわけだ。ところで、真田、依田さんの家に行かなきゃなんないんだろ？」

小川はにやっと笑った。

「どうしてわかるの？」

不思議に思って夏希は訊いた。

「あたりまえじゃないか。真田がここまで来てるってことは島津さんのサポートだろ？」

ヘラヘラと小川は笑った。

「あたり……」

夏希は首をすくめた。

「じゃあ、アリシアと遊んでる暇はないだろ？」

意地悪っぽく小川は言った。

「う、うん。そうだね……」

夏希は豊島に向き直った。

「豊島さん、依田邸の前線本部にお願いします」

「了解しました。では、小川警部補、失礼します」

ふたたび豊島は挙手の礼を送った。

「ご苦労さん。だけど、俺は巡査部長さ」

おもしろそうに小川は答えた。

「あ、失礼しました。真田警部補とタメ口なんで……またいずれ」

気まずそうな表情で豊島は言った。

「おう、頑張れよ。所轄」

小川はリードを持っていない左手を高く挙げた。

「アリシア、バイバイ。今度遊ぼうね」

夏希は大きな声で呼びかけた。

こちらを眺めるアリシアは尻尾を激しく振っていた。

夏希は喜びとともに《よこすかひまわりの里》駐車場のパトカーに戻った。

ふたたび夏希は車中の人となった。

ただし、今度は助手席に乗せてもらった。

パトカーは《よこすかひまわりの里》の駐車場の角を右に曲がって坂道を下り始めた。

「ほんとに下からは駐車場は見えないのね」

夏希はリアウィンドウから後方を振り返ってつぶやいた。

さっき豊島が言っていたとおり、この坂道からは駐車場は見えない。

「この道は県道二一七号の続きなんです。どこへ続くと思いますか？」

豊島が微笑みを浮かべて訊いてきた。

「海へ出るのではないですか」

坂を下ったところは相模湾側の海岸線に違いあるまい。

「その通りです、秋谷の立石《たていし》近くで国道一三四号に出ます。立石には有名なカフェ《マーロウ》の本店があります」

楽しそうに豊島は言った。

「プリンを食べたことがあります。美味《おい》しかったです」

かなりむかしに友人がお土産に持って来てくれたことがあった。

こってりしていてなかなか美味しいプリンだった。

「ああ、そうです。横浜そごうや都内のデパートでも売っている人気プリンですね。その本店はこの道を下ったところにあるのです。さぁ、この左手の森のなかの道を上っていけば依田邸です」

豊島はアクセルを踏み込んだ。

私道なのか、未舗装の細い道だった。

ほかに人家は見えず、照葉樹の目立つ森をパトカーはゆっくりと上ってゆく。

しばらく進むと白い壁を持つ二階建ての大きな屋敷が現れた。

なかなか広壮な邸宅であった。

南欧風で屋根には橙色《だいだいいろ》の洋瓦《ようがわら》を載せていた。木に囲まれた屋敷の前の空地には紺色で塗られたマイクロバスとパネルトラックが駐まっている。

ＳＩＳの指揮車と機材運搬車だ。

「ありゃあ特殊のクルマですか」

目を瞬《しばたた》いて豊島が訊いた。

「はい、特殊犯捜査係第四班が来ています」

夏希は明るい声で答えた。

「今日はいろいろなモノやヒトに出会える日だなぁ」

豊島はホクホク顔で言った。

パトカーは、機材運搬車の隣に滑り込んだ。

「いろいろとありがとうございました。おかげで本当に助かりました」

パトカーを下りた夏希は、笑顔で豊島をねぎらった。

「お戻りの際は指揮本部にお電話頂ければ、わたしかほかの者が急いでお迎えに上がります」

豊島は張り切って答えた。

「戻るようなら、よろしくお願いします」

あの指揮本部にはあまり戻りたくはないが……。

自分に決められることではない。

「はい、では失礼致します」

きちょうめんな姿勢で豊島は挙手の礼をすると、パトカーとともに静かに去って行った。

夏希は織田に現場到着《ゲンチャク》の連絡を入れることにした。

「はい、織田」

耳に心地よい織田の声が返ってきた。

「真田です。現場を見てきて遅くなりましたが、いま、依田邸に到着しました」

「お疲れさま、現場で小川くんに会ったでしょう?」

「あ、小川さんから連絡入りましたか」

「ええ、犯人は《よこすかひまわりの里》の駐車場で信悠くんを誘拐し、右隣のドッグランの駐車場で自分のクルマに乗せて逃走したことがほぼ確実だと、アリシアが教えてくれたと報告してきました」

「わたしも現場を見てそう思いました」

「アリシアは優秀ですね。では、これからは島津さんと協力して犯人との対話に当たってください」

「了解しました」

夏希ははっきりとした声で答えた。

「残念ながら、各捜査員から有力な情報は上がってきていません。なお、大野慶子さんは意識があります。検査の結果、頭部に打撲がありますが、軽い脳震盪で生命《いのち》に別状はないそうです」

「それはよかったです」

夏希はとりあえず安心した。

「ただ、すでに投薬治療を行っていて絶対安静の状態です。また、脳内出血の危険性などを考えて今晩ひと晩ようすを見るとのことです。石田くんたちには病院に待機してもらって、医師の許可が出たら事情聴取してもらいます。大野さんのことは依田教授には真田さんから伝えてください。では、そちらも頑張ってください。なお、こちらからの連絡は、まずこの携帯番号に入れることにします」

きっぱりとした声で織田は言った。

「島津さんじゃなくていいんですか」

この前線本部には正式には本部長が置かれていないが、実質上は冴美だろう。

「彼女にはＳＩＳ全体を統括して頂きたいのです」

たしかに織田の言うとおりだ。

冴美には六人の部下を束ねる責任がある。

「わかりました。では、わたしが連絡係を務めます」

夏希は元気よく答えた。

「よろしくお願いします」

織田は電話を切った。

あたりからはアブラゼミの声が響いてくる。

強い陽ざしもサクラやほかの木々の葉によって遮られて、涼しい風が吹いてくる。

振り返ると、建物の後ろの緑の間から遠くに水平線が見えている。

建物前には白い漆喰《しっくい》づくりの噴水まであって静かな水音が聞こえてくる。

こんな場所に住むことができたら楽しいかもしれない。

夏希はそんなことを感じながら、白い建物の玄関に足を進めた。

第三章　キメラ

【1】

呼び鈴を鳴らすと、ぶ厚い板の扉が内側から開かれた。

すぐに活動服に黒キャップの小柄な隊員が姿を現した。

川藤《かわふじ》巡査部長だ。いつぞやは芦《あし》ノ湖《こ》で一緒に行動した。

「真田警部補、ご苦労さまです」

川藤はさっと挙手の礼を送ってきた。

「川藤さん、どうも先日は」

夏希はかるく頭を下げた。

「お世話になりました。さ、こちらです」

一六畳くらいある広いリビングルームに案内された。

南側に広く開かれた掃き出し窓からも海が見える。

室内はさっぱりしているものの、キャビネットには高価そうな陶磁器の壺《つぼ》や皿などが並んでいる。

磨き出されたキャビネット内にはウィスキーやブランデーが並んでいた。

また小さな書棚には蔵書が並んでいた。

古典的なオーディオセットも高価そうだ。

スピーカーはちいさな冷蔵庫ほどの大きさだった。

キャビネット上に飾ってある依田夫妻と信悠と思《おぼ》しき三人の笑顔の写真が、夏希の目を引いた。

「こんにちは」

リビングの椅子から立ち上がったのは、川藤と同じキャップに活動服の島津冴美だった。

目の前のダイニングテーブルには、ノートPCと夏希にはわからないいくつかの機器が並べられていた。

「真田さん、お待ちしていました」

冴美がにこやかに微笑んだ。

ピューマとかチータとかそんなネコ科の俊敏でスマートな動物を、いつも夏希は連想する。

反面、夏希よりもはるかにやさしくやわらかいところも持ち合わせている。

「お疲れさまです。また一緒に働けて嬉《うれ》しいです」

夏希は素直に自分の気持ちを伝えた。

「わたしもです。この部屋では犯人が依田教授に送りつけてきたメールに対応するための態勢を整えてあります。わたしと川藤で対応しています。隣の書斎ではこちらのご主人の依田教授と青木《あおき》、五代《ごだい》の二名が固定電話とスマホへの着信の待機をしています。残りの者は指揮車で連絡任務に就いています」

冴美は隣の部屋を掌《てのひら》で指し示した。

青木巡査部長は第四班の副隊長で、頼りになる男性だ。

「犯人のキメラからなにか反応はありましたか」

夏希はさっそく本題に入った。

「いえ、あのメールへの真田さんの返信は、織田部長から転送されてすぐにこちらから犯人のアドレスに送りました。返事があったら、わたしが織田部長の指示を仰いで対応するつもりだったのです。ですが、いまのところ犯人からの返信はありません」

冴美は浮かない顔で言った。

「電話も来ないのですね」

夏希は念を押した。

「ありません。固定電話にも依田教授のスマホにも」

冴美は首を横に振った。

「ネットと違って、固定電話や携帯キャリアは発信元を特定しやすいですからね」

夏希の言葉に冴美はあごを引いた。

「はい、IPフォンを使って掛けてくることを期待していたのですが、それもないです。そもそもキメラは積極的にコミュニケーションを取ろうとしませんよね。犯行声明と身代金の要求、この二つのメッセージだけを送ってきて、あとはだんまりです」

冴美は眉根《まゆね》を寄せた。

「犯人はおしゃべりであってくれると助かるんですがね」

夏希の言葉に、冴美は大きくうなずいた。

「まさにその通りだと思います。寡黙な犯人には苦労します」

そのとき、隣の部屋から紺色のポロシャツに白いチノパン姿の四〇代後半くらいの男性が現れた。

夏希の声が聞こえていたのかもしれない。

「こちらが信悠くんのお父さまの依田先生です。先生、県警の心理分析官の真田警部補です」

冴美は即座に二人をそれぞれ紹介する言葉を口にした。

「依田です。どうか信悠を救ってください」

依田教授は深々と頭を下げた。

半白の長めの髪の毛を持つ、品のいい感じの神経質そうな男性だった。

生気のない、憔悴《しょうすい》した顔つきは当然のことだろう。

「精一杯の力を尽くします」

夏希は依田教授の目を見て答えた。

「とにかく信悠さえ無事でいてくれれば……」

依田教授は言葉を途切れさせた。

夏希は気の毒な気持ちでいっぱいになった。

「さっきお話ししたように真田は神経科学博士号を持つ心理学の専門家です。さらに、犯人との対話のエキスパートでもあります。我々はおもに音声によるコミュニケーション技術を習得していますが、真田はテキスト……つまりメールやチャットでのコミュニケーションが得意です」

冴美はここぞとばかりに夏希を売り込んでくれた。

「真田さんの実績は島津さんから伺いました。どうか、あなたのお力で信悠を無事に返してください」

かすれた声で依田教授はふたたび頭を下げた。

依田教授は信悠の救出を、繰り返し訴えている。

父親がまっとうな精神状態でいられないのはあたりまえのことだ。

「恐縮です。時間はまだあります。頑張ります」

夏希はとにかく自分の熱意を伝えるしかなかった。

事件解決への道のりはあまりに遠い。

「先生、お宅の大野慶子さんについて横須賀中央署から連絡がありました」

織田からの伝言を伝えなければならない。

「どんな具合ですか」

依田教授は身を乗り出した。

「頭をぶつけたことによる脳震盪《のうしんとう》と横須賀市立市民病院で診断されました。脳震盪は軽症から重症まであるのですが、大野さんの場合には意識もあり、生命《いのち》には別状はないそうです。ただ、予後を観察するために今晩ひと晩は入院するそうです。明日《あした》の朝には退院できるそうです」

夏希はにこやかに言った。

「ああ、それはよかった、ずっと気に掛かっていたのです」

依田教授は、夏希がここへ来て初めて明るい顔を見せた。

「よかったですね」

「大野さんは父母が生きていた二〇年も前からうちに住み込みで働いてくれているのです。料理も掃除も洗濯もぜんぶおまかせしちゃっています。本当によい方で、信悠のこともずっとかわいがってくれて、すごく感謝しています。信悠は自分の祖母のように思っているみたいですが、わたしも家族同然に思っています。七〇歳近くなったので、いつまでも元気でいて頂きたいと願っています」

明るい顔で依田教授は言った。

「明日はこちらに戻ってきますね」

夏希も明るい声で言った。

「では、わたしは書斎に戻ります」

依田教授はきびすを返した。

夏希のスマホに織田から着信があった。

「織田です。そちらにも犯人からの接触はないのですね」

平らかな声で織田は訊《き》いた。

「はい。犯人はとにかく連絡してきませんね」

「用件はいままでの二つのメッセージで足りるというわけでしょうか。信悠くんを誘拐した。指定口座に仮想通貨を午前〇時までに入金しなければ信悠くんを殺す……もうなにも発信してこない可能性もありますね」

織田は苦い声を出した。

「わたしは必ず返信があると思っています」

理屈の上では自信がなかったが、夏希はいままでの経験から必ず犯人は接触してくると感じていた。犯人は孤独なのだ。

「真田さんを信じましょう。さっそく犯人にメールを送ってください」

「どんな内容を送りますか」

「内容的には前回と同じでかまいません。繰り返して犯人に対話を呼びかけてください。表現はおまかせします。ただ、ひとつ新しい要求を出しましょう。信悠くんの無事を確認するための画像や動画などを要求するのです」

織田はさらりと言ったが、難易度は高い。

「犯人はプレッシャーを感じますね」

夏希は憂慮を口にした。

「感じるでしょう。ですが、それを条件として突きつける意味はあると思います。相手は返事をせざるを得なくなるでしょう。それに、こちらが犯人の意のままには動かないぞという意思を表明するのです」

織田は強い口調で言った。

「承知しました。では、発信します」

無意識に夏希はあごを引いていた。

「真田さんの力を信じています。お願いします」

織田は電話を切った。

「真田さん、ＰＣの前に座ってください」

やわらかい声で冴美が呼んだ。

いつのまにか冴美は隣の椅子に移っていて、正面には川藤が座っていた。

「失礼します」

声を掛けて夏希はノートPCの前に座った。

「環境を複製することも考えたのですが、お許しを得て教授のパソコンをお借りしています。犯人にPCのシリアルなどを読み取られないようにするための念のための措置です。このPCにメール着信があれば、アラートが鳴ってポップアップウィンドウが起《た》ち上がります。知人の方に公開なさっているメインアドレスなので、たまに仕事関係のメールが入りますが、教授のサブPCでも受信できるので、そちらの対応はご本人にお願いしています。そのポストマークのアイコンでメーラーが起ち上がります」

冴美はわかりやすく説明してくれた。

「了解です。ところで犯人に信悠くんの画像か動画を要求しろとの織田さんからの指示なんですが……」

夏希は冴美の顔を見て言った。

「正しい選択と思います。犯人にこちらの要求を突きつけて、警察側のある程度の優位性を獲得するのです。犯人としては身代金ほしさに要求には応《こた》えざるを得ないでしょう」

冴美ははっきりと言った。

「考えてみれば、警察側の姿勢も安定しますね」

夏希は織田のもうひとつの真意を感じ取った。

「その通りですね。信悠くんの身の安全を確認できれば捜査員は安心します。信悠くんが無事かどうかに心を乱されることなく捜査に集中できます」

にこっと冴美は笑った。

「では、メールを作成してみます」

夏希はポストマークをクリックしてメーラーを起ち上げた。


――キメラさん、こんにちは、かもめ★百合です。あなたの要求に基づき、準備を続けています。ところで、ひとつお願いがあります。信悠くんの無事な姿を見せてください。写真でも動画でもいいです。無事を確認できなければ、身代金の準備を続けられません。どうぞよろしくお願いします。


「こんな感じでどうでしょう」

夏希は画面から顔を上げた。

「必要十分だと思います」

冴美はおだやかにあごを引いた。

相手のメールアドレスはchimera@kimera.bzだ。実際にはこのサーバーは経由しているだけらしい。

「では、送信します」

送信ボタンをクリックして夏希は息を吐いた。

「あとは返信を待つだけですね。必ず返信はあります。しばし待ちましょう」

おだやかな顔で冴美は言った。

「わたしは誘拐への対応にはそれほど慣れていません。簡単に教えて頂けませんか」

頭を下げて夏希は頼んだ。

「我が国では営利目的誘拐はきわめて少なく、平成期は年間数件の発生に留《とど》まってありました。また検挙率も九〇％を超えて割に合わない犯罪と言われてきました。犯人にとっていちばん厄介で逮捕される危険を伴うのが身代金の受取です。ですが、昨今は仮想通貨など、ネット決済方法の進歩と多様化によって、こうした場合の金銭の授受が容易になってきました。また、匿名・流動型の犯罪グループ……いわゆるトクリュウと呼ばれる者たちですね。それから海外マフィアなど外国人グループの犯罪者によって新たに営利目的誘拐が増えてくるおそれがあります」

気難しげに冴美は言った。

「たしかに営利目的誘拐が頻発している国も世界には数多く存在していますね。昨今は日本でも市民が治安の悪化を感じていると言われます。そうしたトクリュウや外国人犯罪集団の存在は無視できないですね」

夏希は何度かうなずいた。

「実は約四半世紀前にもこうした犯罪のピーク時期はあったのです。たとえば、二〇〇二年には刑法犯認知件数は過去最高の二八五万件にも達し、検挙率も下がりました。景気の悪化による経済的要因が大きな原因と指摘されています。顕著に増加したのは窃盗犯でした。これに対して警察官の増員や防犯カメラの普及、比較的軽微な犯罪についても抑止に力を入れたことなどさまざまな施策により、その後は認知件数もぐっと下がりました。しかし、昨今はふたたび犯罪は増加しています」

冴美はさらさらと説明した。

「我々も気を引き締めて仕事していかないとならないですね……でも、こういう話って織田さんや小早川さん向きの話だよね」

夏希はかすかに笑った。

自分は国全体の刑事政策を考える知識も力も持ってはいない。

「そう、我々現場の者より警察官僚の皆さんの力に期待したいです。わたしたちは、とにかくいま抱えている課題に立ち向かわなければなりませんね。結局、現場から離れられないわたしですから」

冴美は声を立てて笑った。

「そうそう、現場のわたしたちにできることを頑張りましょう。とにかく、信悠くんを救出しなければ！」

夏希は拳《こぶし》を天に向かって突き出した。

「頑張りましょう」

冴美は微笑みながら夏希のマネをした。

「話を戻しますと、犯人は常に不安を抱いているはずですね」

夏希は冴美の目を見て訊《き》いた。

「こうした犯人は警察の動きに非常に敏感になっています。犯人は自分が検挙される不安を抱えながら犯罪を続けているのです。さらに、二〇〇万ドルなどという大金を用意できるのかどうかについて猜疑心《さいぎしん》を持っているはずです。準備の状況なども把握したいと考えているはずです。表面上はなにも言ってこないので、犯人は自信を持っているように見えます。しかしそんな人間はふつうは存在しません。犯人は怯《おび》えと猜疑心とともに行動していると考えるべきです」

冴美は力づよく言った。

「身代金……」

夏希はつぶやいてスマホをとって織田に電話を入れた。

「なにかありましたか」

織田がこわばった声で訊いた。

「いいえ、ご指示の通りメッセージを送りましたが、まだ返信がありません」

「そうですか……待ちましょう」

「ところで、確認しておきたいのですが、犯人が要求している身代金について、政府や警察が肩代わりするような話はないのですよね」

「いつもお話ししていますが、『テロには屈しない』という国際的な方針を政府や警察は堅持しています。予算から支出することはできません」

織田は平坦《へいたん》な声で言った。

「それじゃあ身代金は家族が用意するしかないのですね……」

夏希の声はかすれた。

「そうなります」

織田の声音は変わらなかった。

「でも二〇〇万ドルなんて大金、依田教授に用意できるのでしょうか」

夏希は不思議に思って訊いた。

依田教授は豊かかもしれないが、本当の意味で富裕層と呼ばれるほどの金満家ではないかもしれない。

富裕層は純金融資産保有額が一億円以上五億円未満と定義されている。

「すでに島津さんが確認していますが、難しいと聞いています」

低い声で織田は答えた。

やはりそうなのか。

「それでは信悠くんの生命《いのち》はどうなるのですか」

抗議めいた口調で夏希は言ってしまったが、織田を責めても仕方がない。

「犯人が指定している午前〇時までに、必ず信悠くんを救い出します。それが僕たちの絶対の課題です」

織田は強い口調で言い切った。

以前、夏希たちが人質となった《ラ・プランセス》の事件では、水面下で身代金調達の動きもあった。

だが、あのときは二〇〇名以上の生命が危機にさらされていた。

社会的な影響の大きさはたしかに比較にはならない。

しかし、一人の子どもの生命がかかっているのだ。

どこか釈然としないものを夏希は感じた。

それ以前に、夏希は依田教授に身代金が用意できるのかが心配になった。

「依田教授とお話ししたいのですが……ここを離れても大丈夫でしょうか」

夏希は冴美に確認した。

「もし、着信があったらすぐにお知らせするから問題ないです」

冴美は快活な調子で答えた。

「お呼びしてきます」

川藤が立ち上がって書斎に消えた。

すぐに依田教授が書斎から出てきた。

「なにか……」

不安そうに教授は訊いた。

「すみません、わたしのほうからそちらに伺うつもりでしたのに……」

夏希は自分が書斎に行くつもりだったので、恐縮して身をすくめた。

「いえ……ここに座りますよ」
依田教授は夏希の正面に座った。
そのとき目の前のPCの着信アラートが鳴った。
「来ましたっ」
冴美の緊迫した声が響いた。
夏希も冴美も画面を覗《のぞ》き込んだ。
メーラーがポップアップしている。
発信元は「chimera@kimera.bz」だ。
表題はただ「re.」だけで、本文もない。
だが、一枚の写真が添付されている。
解像度はけっこう高いしピントも合っている。
白いシャツを着た、泣き顔の男の子が写っていた。
かわいい顔が大きく歪《ゆが》み、顔は涙のせいか黒く汚れている。
が、少なくとも顔面や腕などにケガらしいものは見られない。
「信悠っ」
気づいてみると、背後に依田教授が立っていた。

「信悠くんで間違いないですね」

キャビネット上の写真の子どもと同一人物と思われるが、教授に確認してもらう必要はある。

夏希が顔を見ると、教授は喜びと不安が入り交じったような複雑な表情を見せていた。

「生きているんですね」

身を乗り出して教授は訊いた。

「もちろんですとも」

自信たっぷりに夏希は答えた。

いつ撮られた写真かははっきりしないが、こちらの要求に従って撮ったものと推察された。

「先生、この場所に見覚えはありませんか」

無駄とは思いつつも、夏希は尋ねた。

背景は白く塗装されたコンクリートのように見える壁だ。なんとなく倉庫のようにも見える。

信悠にピントが合っているので背景はぼんやりしている。

ストロボかライトの明かりで背景は飛び気味だ。

「いいえ、見たことのない場所です」

教授は首を横に振った。

「すぐ指揮本部に送りますね」

夏希は犯人からのメールに簡単なコメントを付して指揮本部に転送した。

すぐに織田から着信があった。

「来ましたね。この子は信悠くん本人で間違いないですね」

織田は息を弾ませて訊《き》いた。

「はい、お父さまが確認しています」

「身代金を支払う条件と言ったら、さすがに無視はできませんでしたね」

少し明るい声で織田は言った。

「場所はわかりませんね。依田教授もご存じないそうです」

「ただ、ふつうの住宅とは考えにくいですね。住宅だとしたら納戸か……。あるいは倉庫の可能性もありますね。転送してもらった写真を本部の鑑識にも送ります。これ一枚では場所の特定は難しいですが、撮影した機器がわかるかもしれません」

織田の声には期待がこもっていた。

「ですが、表題もレスポンスを示す《re.》だけですし、本文もありません。犯人が自分を秘匿しようと気遣っていることは明らかです」

夏希は平らかな口調で言った。

「いやいや、この写真が来ただけでも大きな進歩です。メールがきちんと届いていることもわかりました。反応があることも確認できました」

織田の声は明らかに弾んでいた。

「そうですね。希望を持ちましょう」

「返信はないと思いますが、さらっと謝礼メールを送っときましょうか」

あまり期待しないような声で織田は指示した。


――信悠くんの無事を教えてくださってありがとうございます。これで一同安心して身代金の用意を進められると思います。


すぐに送信ボタンをクリックしたが、相手からは何の返信もなかった。

しばらくの間、教授は信悠の写真を眺め続けていた。

うっすらと涙がにじんでいる。

やがて教授は正面の席に戻った。

「身代金について伺いたいのですが」

夏希は静かな声で訊いた。

「実はほとほと困っているのです」

眉根《まゆね》を寄せて、依田教授は言った。

「二〇〇万ドルはやはり大金に過ぎますよね」

うなずいて夏希は続きを促した。

「真田さん、わたしはただのサラリーマンなのです。大学教授はそんなに収入を得られるわけではありません。資産だって預貯金が八〇〇〇万円ほどありますが、有価証券などは所持しておりません。どんなにかき集めても、一億円を作るのがやっとです」

依田教授は嘆き声を上げた。

「失礼なことを伺うようですが……それは本当のことですか」

夏希は依田教授の顔を見つめて訊いた。

「隠したりしても意味はありません。わたしはどんなにお金を出しても、たとえ一文無しになろうとも、信悠さえ無事に帰ってくればそれでいいのです。それしか望みはないのです」

目を吊《つ》り上げて依田教授は言葉を叩《たた》きつけた。

「申し訳ありません。念のために伺いました」

夏希は自分の軽率な発言を悔いた。

依田教授が財産を隠そうなどするはずもない。

「この家を売れば別でしょう。家を売ったって住むところなんてどうにでもなります」

落ち着いた調子に戻って依田教授は言葉を継いだ。

「でも、家なんてそう簡単に売れるものじゃない。午前〇時までに売って金に換えるなんてことは不可能です。知り合いの不動産屋に訊いたら、鼻で笑われましたよ。最低でも一ヶ月は考えてほしいってね。抵当に入れてもそんなに多額の金を貸してくれる金融機関はありません。そもそもこの家を建てたのもわたしではなく、死んだ親父です。親父は不動産関係の仕事をしていて一時期はかなり多くの収入がありましたからね。でも、わたしは違います。経済的にはただのサラリーマンなのです。いったい犯人はなぜわたしをターゲットにしたのか……」

依田教授は眉根を寄せた。

「このおうちを見て思いついたのかもしれませんね」

あいまいな調子で夏希は答えた。

資産状況を把握するのは、素人には難しい。

犯人は、依田家の資産がどれくらいのものか、知りもしないで身代金の要求に及んだのかもしれない。

とにかく、犯人の要求額は高額に過ぎる。

夏希にはわずかな違和感が残った。

「葉山にはもっと金持ちがいくらでもいるでしょうに、どうしてわたしのような者を狙ったのか、まったくわかりません。よりによって信悠をさらうとは」

依田教授は歯嚙《はが》みした。

「とりあえず、身代金が用意できない旨は犯人に伝えたほうがいいでしょう」

夏希はスマホをとって織田の番号をタップした。

「真田です。依田先生は二〇〇万ドルはとても用意できないとおっしゃっています」

「すでに承知しています」

冴《さ》えない声で織田は答えた。

「犯人に身代金の減額か、時間を延ばしてもらう交渉をしてみてはどうでしょう」

夏希は熱を込めて言った。

「相手が要求に応《こた》えるとは思いにくいです。過去の営利目的誘拐事件でそのような交渉が成功したケースは我が国では存在しません。ですが、とりあえず揺さぶりをかけてみましょう」

あまり気乗りのしない調子で織田は答えた。

――県警のかもめ★百合です。依田さんが二〇〇万ドルを今日の午前〇時までに用意するのは不可能だということです。時間を頂ければ可能かもしれません。時間を頂くか、減額しては頂けないでしょうか？

この文章を織田にも見てもらってから送信した。

だが、いくら待っても返事はなかった。

犯人は「NO」とさえ言ってこない。

まったくコミュニケーションが取れないことに夏希は苛立《いらだ》つばかりだった。

焦るこころを必死に押さえつけて夏希は待機を続けた。

「ところで、奥さまはまだお戻りになっていないんですか」

たしか札幌にいたと聞いている。

なかなか帰ってこられないかもしれない。

「そうなんです。昨日は札幌市の北海道大学で学会がありまして……今朝の騒ぎを聞いて必死でこっちへ帰ってきています」

依田教授は夏希を見て答えた。

「何時頃お戻りの予定ですか」

なんの気なく夏希は訊《き》いた。

「今朝、九時四九分札幌発の快速電車で新千歳《しんちとせ》空港に向かい、一一時二〇分の飛行機で帰ってきています。京浜急行《けいひんきゅうこう》を使って逗子・葉山駅には二時半の到着予定です」

教授は詳しく妻の帰宅予定を知っていた。

壁の時計は一時四七分だった。

いまは京浜急行のなかだろうか。

「いまは一所懸命に帰ってきていることでしょうね」

「さっきわたしに電話がありまして、羽田《はねだ》空港には着いたようです」

「さぞ動揺していらっしゃるでしょうね」

どれだけ焦る思いで帰ってきているだろう。

「はい、気丈な女ですが、信悠がこんなことになって、さすがに参っているようです」

「かわいいお子さんですものね」

「ええ、家内は自分の子同様に、いや、自分の息子以上に信悠をかわいがっていましたから」

依田教授は思いもかけないことを口にした。

「え……？　奥さまは信悠くんのお母さんではないんですか？」

驚いて夏希は訊いた。

「家内と結婚したのは半年ほど前です。実は信悠は前の妻の子で、彼女は二年前に病気で亡くなりました。大野さんが面倒を見てくれていましたが、やはり母親がきてくれてよかったのです。家内にはいままで結婚歴もなく子どももいませんが、信悠には実にやさしく面倒見のよい素晴らしい母親になってくれました。仕事の関係で留守がちですが、その分は大野さんが支えてくれるので問題はありません。いつも家内には感謝しています」

依田教授はおだやかに微笑んだ。

教授は信悠と大野慶子と美穂夫人の三人を深く愛しているんだなと夏希は思った。

「そちらのお写真は奥さまですか」

夏希はキャビネット上の写真を指さして尋ねた。

「そうです。あれは先月、鎌倉に遊びに行ったときに撮ったものです」

教授はゆっくりとうなずいた。

「どうか信悠を助けてやってください」

教授はテーブルに左右の手をついて深く頭を下げた。

「警察は総力を挙げて、信悠くんの救出のためにできることはなんでもやっています。わたしたちも信悠くんの無事を誰より祈っています」

言葉に熱を込めて夏希は言った。

だが、いまのところ成果はひとつも上がっていない。

夏希は暗い気持ちになった。

短い沈黙があった。

「奥さまは学会にお出かけと伺いました。研究のお仕事ですか」

夏希は質問を続けた。

「はい、わたしと同じ大学の助教です。ポスドクをしばらく続けていましたが、一年ほど前にうちの大学の助教の職にありつけました。三五歳なので平均的なところでしょうか」

淡々と依田教授は答えた。

ポストドクターの処遇は夏希もわかっている。

大学院博士後期課程の修了後に就く、任期付きの研究職ポジションだ。博士研究員とも呼ばれるが三〇〇万円程度の年収であることも多く、経済的には決して楽ではない。

「先生は応用化学がご専門ですね。奥さまも同じ専攻ですか」

「そうです。夫婦で理工学部応用化学科に所属しています」

なるほど、同じ職場というわけか。

だが、どんな学問なのだろう。

理科系といっても、医科学系と理工学系ではまったく分野が違う。もちろん心理学系もそのような知識とは縁がない。医薬品となれば別だが。

「わたしなどには少しもわからないのですが、応用化学とは、どのような学問なんですか」

夏希は素直に訊いた。

「すごく大雑把に言いますと、化学の理論を使って新しい物質を作り出す学問です。基礎化学に対する概念です。工業化学、農芸化学、薬化学などの広い研究領域を包摂しています。具体的に言うと、医療や農業、食品、エレクトロニクスなど幅広い分野へ新しい製品を提示するような研究をしています。たとえば、わたしの研究の一例を言いますとオイル基材がありますね」

さらさらと依田教授はうなずいた。

「オイル基材ですか？」

間抜けな声を夏希は出した。まったく知らない言葉だった。

「実用例を挙げれば、あなたも使っている口紅です。口紅はオイル基材に必要に応じて着色剤などの粉体、保湿剤、香料、紫外線防御剤などを加えて作っています。その配分を考えるのはおもに化粧品メーカーの研究員さんが頑張っていると思います。わたしは植物油やワックスなど基本的なオイル基材の原料について研究しています」

さらっと教授は説明した。

「先生のご研究は口紅にもつながっているのですね」

夏希は驚きの声を上げた。

「まぁ、オイル基材はほんの一部です」

依田教授はうなずいた。

「ところで、奥さまは先生の教え子でいらっしゃったのですか」

事のついでに訊いてみた。

「そうです。彼女は僕が准教授時代に教えに行っていた神奈川工業大学の教え子です。横浜の保土ケ谷《ほどがや》にある公立大学で、特定分野では優秀な研究者を多数輩出している大学です。家内と出会ったのは七年前で、彼女はまだ博士後期課程の学生でした。その頃から考えると長いつきあいですね。で、まぁ僕がうちの大学に引っ張ったってわけです……でも、僕や妻の話が事件と関係があるのですか」

依田教授は不思議そうに訊いた。

「失礼しました。犯人がご夫婦のまわりにいる可能性もあると考えたものですから」

家族関係を確認したかったのだが、深入りしすぎた。

「思い浮かぶ人間はいませんね。研究者にこんなことをする人間がいるとは思えません」

依田教授はいささか不愉快そうに答えた。

「申し訳ありません。緊急でないことまで伺ってしまいました」

夏希は素直に頭を下げた。

「では、書斎に戻ります。なにかありましたら、いつでも呼んでください。なにしろ犯人は電話など一切掛けてこないのですから、じっと待っているのは苦しいものです」

顔をしかめて依田教授は書斎へと去った。

【2】

リビングに沈黙が漂った。

「鑑取り捜査や地取り捜査は、進んでいるのでしょうか」

ぼんやりと冴美が訊《き》いた。

「いまのところ有力な情報はないですが、加藤さんや石田さんが懸命に捜査していますから、そのうちなんらかの情報が摑《つか》めると信じています」

期待を込めて夏希は答えた。

「ああ、加藤さんは実力のある捜査員ですね」

冴美はにこやかにうなずいた。

「わたしは生命《いのち》さえ助けてもらってますから……それにしても、あれきりなんの反応もありませんね。もう一度、メッセージを送ったほうがいいんでしょうかね」

実は夏希はそう簡単に返事があるとは考えていなかった。

「どうでしょうか？　今回の犯人は我々との接触を極端に嫌っているようにも思えます。黙っていても身代金が得られると高をくっているのですかね」

眉間《みけん》にしわを刻んで冴美は答えた。

「わたしの現時点での犯人に対する感覚をお話ししたいのですが……ただ、まったくの勘でしっかりとした根拠はありません」

夏希は冴美の顔を見て言った。

「ぜひお願いします」

冴美は身を乗り出した。

「ひと言で言って、利得犯のように思います」

ゆっくりと夏希は告げた。

「なぜ、そう思うのですか」

冴美はおだやかな顔で続きを促した。

「いままで対話してきた犯人の多くは、社会やある特定の誰かに対する恨みなどを抱いていて、それがきっかけとなって罪を犯しています。劇場型の犯罪などは皆そうです。犯人たちは誰しも饒舌《じょうぜつ》でした。対話相手のわたしを通じて、警察や世の中に訴えたいことがあったからです。なかにはそうした犯人を演じた利得犯もいましたが……。しかし、このだんまり犯はそうしたメッセージを発信しない。世の中に発信したいような思想や感情が存在しないからです」

この考えには自信があった。

「たしかに真田さんの言うとおりだと思います。犯人が発したのは身代金を得るための手段としてのメッセージだけです」

冴美はしっかりあごを引いた。

「そうです。だから、わたしが対話から犯人像を摑もうとしてもなんの材料もないです。いつもは犯人のメッセージのほんのちょっとしたクセや言い回しなどから、年齢、性別、性格、教育程度などを把握することに力を入れます。でも、今回はなにひとつ把握することができないのです。たとえば、さっき信悠くんの写真を送ってきた初めての返信でも犯人はなにも言ってきませんでした」

「たしかにひと言も本文を書いてきませんでした」

「これは特徴的なことと思います。写真は我々に生存確認をさせるために必要だから撮って送った。しかしメッセージは不要で、しかもなにか書けば自分の正体を知られると考えたのでしょう。その意味では非常に狡猾《こうかつ》とも言えます。知能が高くて感情の抑制に長《た》けた人物像を感じます」

「その通りだと思います」

反射的に冴美はうずいた。

「ただ、ひとつだけ感じたことがあります。表題の《re.》についてです。あの表題には意味があるように思います」

「どういう意味を感じましたか」

冴美は首を傾げた。

「犯人はきちょうめんな性格で、指摘に弱いということです」

「詳しく説明して下さい」

「メーラーは表題を空欄にすると、『タイトルが空欄です』『表題がありませんが、送信していいですか』などのアラートが出ることが多いです。アバウトな人はこんな警告は無視して送信します。ところが、犯人はあえて《re.》と入力してから送信しています。わたしはこの点からきちょうめんな性格を読み取りました」

この分析にも自信はあった。

たとえば上杉《うえすぎ》なら、そんなアラートなど無視して返信するだろう。

ちいさなところに人の性格は出るものだ。

「それってすごく当たっていると思います」

冴美は眼を輝かせた。

「もっとも、それがわかっただけではあまり意味がないのですけどね」

自嘲《じちょう》的に夏希は言った。

「いえ、これも大胆な予想かもしれませんが、反社や職業的な犯罪者ではないような気がします。彼らはもっと傍若無人なものです」

考え深げに冴美は言った。

「イメージとしては、その通りですね」

夏希は冴美の予想におおいに賛同した。

「絞ることは危険ですが、この先、頭の隅に置いておいてもいいような気がします。さすがは真田さんです」

にこやかに冴美は言った。

「いまの時点では指揮本部に伝えるのは控えておきたいです」

冴美の予測は大いに意味がある。

だが、その根拠となる夏希の判断はまだ脆弱《ぜいじゃく》というしかなかった。

「わかりました。真田さんとわたしのこころに留《とど》めておきましょう」

にこっと冴美は笑った。

「それにしても犯人からのメッセージを待つだけの時間は苦しいですね」

夏希は弱音を口にした。

「まぁ、誘拐事犯も立てこもり事犯も、忍耐の時間が続くものですからね」

冴美はさらりと言った。

「そうですね。ある意味、待つのが捜査でもありますからね」

あまり論理的でない言葉を夏希は口にした。

会話は途切れ、またも沈黙がリビングを覆った。

「真田さん、お腹空《す》いてませんか」

川藤が声を掛けてきた。

「ちょっと空いています」

実を言えば、朝は寝坊して栄養スナックバーとコーヒーで済ませてしまった。

科捜研からまさかの指揮本部に引っ張られたので、その後も食事をする暇はなかった。

すでに二時をまわっていた。お腹はペコペコだった。

「コンビニの弁当でもいいですか？　余分に買ってきたんです。シャケ弁当と唐揚げ弁当しかないいんですけど」

遠慮がちに川藤は言った。

冗談ではない。どちらも豪華な昼ご飯だ。

「じゃあ失礼して腹ごしらえしちゃいますね」

夏希の言葉に、冴美も微笑んだ。

「こっちのキッチンでどうぞ」

川藤はリビングに続く八畳ほどのダイニングキッチンを指し示した。

夏希はキッチンに移動した。

「唐揚げ弁当、いいですか」

夏希は川藤に両手を差し出して、弁当とペットボトルのお茶を受けとった。

「頂きます」

元気よく言って夏希は箸《はし》をとった。

川藤はリビングに戻った。

美味《おい》しい。そんなに美味しいはずはないのにすごく美味しい。

空腹は最高のソースとはよく言ったものだ。

あっという間に夏希は五個の唐揚げと、形ばかりの卵焼き、ポテトサラダ、ご飯を片づけた。

ドラマや映画では、誘拐事件の捜査官が食事を取ったりはしない。

そんなシーンは絵にならないからだろう。

だが、待機が長くなるこうした事件では、食事を取らなければ仕事を続けることはできない。

ＳＩＳの隊員たちも、交替で食事を取っていたはずだ。

事件で眠らないことはあっても、食事をしないことはないのだ。

添えられたキャベツに手を着けようとしているところに、スマホに着信があった。

「織田です。そちらは変わりはないですね」

耳もとで織田の声が響いた。

「残念ながら、あれ以来なにも言ってきません。依田教授から仕事やご家族のことを伺いましたが、とくに報告するような内容はなかったです」

織田は意外なことを口にした。

「ひとつだけ有力な情報が入りました。市民病院に事情聴取に行った石田くんたちからです」

織田の声は明るかった。

「大野慶子さんからの情報ですね」

夏希の声も思わず弾んだ。

「そうです。彼女はすっかり日常会話ができる程度に回復しています。石田くんが聴取した結果、大野さんが事件前日に近所で何回か不審なクルマを目撃していたことがわかりました」

「本当ですか」

「ええ、そのクルマは日頃は近所で見かけないシルバーメタリックのミニバンだそうです。大野さんは事件前日の昼から夕刻にかけて現場の《よこすかひまわりの里》駐車場付近や、依田教授宅付近の県道二一七号で目撃しているそうです」

「犯人のクルマである可能性は高いですね！」

初めてと言っていい有力な目撃情報だ。

「わたしはそう思っています。このクルマの目撃者がいないかを地取り班に徹底捜査させます。また、付近の防犯カメラの映像からも徹底的にクルマを探します」

織田は力づよく言って電話を切った。

電話が切れた途端に、続けてスマホが振動した。

「先輩、新事実が出ましたよ！」

元気いっぱいの石田の声が響いた。

「いま、織田さんから連絡があったよ」

「やっぱり……その電話が終わるのを待ってました」

石田は低い声で笑った。

「大野さんが不審なクルマを見てたんだって？」

夏希は間髪を容《い》れずに訊《き》いた。

「そうなんです。シルバーメタリックのミニバンらしいです。大野さんのワゴンRよりずっと大きいそうですので。俺の勘ですけど、犯人のクルマで間違いないですよ。だって近所では一回も見たことがないクルマだそうですから」

石田は興奮気味に続けた。

「医者の許可が出なかったんで、こんなに遅くなっちゃいました。それに大野さんはいったん意識が戻った後、薬の効果で眠りっぱなしだったんですよ。その間、俺たちずっと待ってたんですよ」

わざとらしく石田は嘆き声を上げた。

「捜査には待つことが必要だもんね」

ねぎらいのつもりで夏希は言った。

「ええ、張り込みなんてその典型っすよね。なんか、刑事って待つことと書類書くことが仕事じゃないかって思うときがありますよ」

この愚痴っぽさは、逆に手柄を立てた得意な気持ちから出ているのだろうと夏希は思った。

「でも、今日は待ってて、いいことあったじゃん」

夏希は持て余し気味に言った。

「そうですよ。いいことありました。大野さんは素直なお婆ちゃんで、証言は信用できると思います。俺はあの人は絶対に犯人とは関係ないと思います。もうオロオロしちゃって最初は聞き取りが大変でした。でも、ウソはついてないですね」

石田は真剣な声で言った。

「光が見えてきた。まずはクルマの割り出しだね」

夏希はまじめに答えた。

「織田さんは地取りを強化して、そのクルマの目撃者を絶対に探しだすと言っています。さらに、防犯カメラの映像を徹底的に洗うそうです」

「秋谷地区全域の防犯カメラを調べさせるのって時間がかかるよね」

数多い防犯カメラの確認には時間を要するはずだ。

夏希は犯人から提示された時間が少なくなってゆくことに焦りを覚え続けていた。

残り一〇時間を切っている。

「でもね、すでに映像のほとんどは防犯カメラの所有者に提供してもらって指揮本部が持っています。今回の場合は今朝の八時半前後に絞れるから、それほどの時間は掛からないと思いますよ。ナンバーが映っている防犯カメラがあればいいんですけどね。ナンバーさえわかりゃあ……Nシステムで照会すれば居場所がある程度わかるんですけどね」

石田の声には楽観的な見通しを感じた。

「期待しましょう」

夏希はその言葉しか出なかった。

現在進行形の誘拐犯の捜査はつらい。

「これから俺と小堀さんは、現場付近の聞き込みに合流します」

声をあらためて石田は言った。

「電話ありがとう。頑張ってね」

夏希は明るく石田を励ました。

「まずは直接、真田先輩に伝えたかったんですよ。誰かさんが寝言を言ってましたけど、大野さんが犯人一味だなんてとんでもない話ですよ。あのボケじじいが」

石田はからかうような声を出した。

「こらこら……」

あきれて夏希は制止した。

「えへへ、じゃあ島津さんにもよろしく」

石田は明るい声で電話を切った。

「不審者の乗っていたと思われる車両が目撃されていたんですね」

冴美が近づいてきた。

「はい、大野慶子さんの証言が取れました。彼女が昨日の昼から夕方にかけて現場とこの家の近くの県道二一七号で、見たことのないシルバーメタリックのミニバンを何度か見ているというのです。残念ながら車種やナンバーは判明していません」

夏希は織田と石田から聞いたことを短い言葉で伝えた。

「シルバーメタリックのミニバンとわかれば今後の捜査で目撃証言も出てくるはずです。車種は特定できると思いますよ。ナンバーがわかればいいのですが……」

冴美は石田と同じことを口にした。

「俺、ちょっと教授を呼んできます」

川藤が隣の部屋に走った。

すぐに現れた依田教授に夏希はミニバンについて尋ねた。

「シルバーメタリックのミニバンですか……軽ではなく、ふつうのクルマですよね」

依田教授はしばし天井を見て考えていた。

「はい、軽自動車ではありません」

「わたしの知っている人間で乗っている人はいないと思いますが……」

教授は夏希の顔を見て答えた。

「わかりました」

「ミニバンの所有者が犯人ということですよね。誰だかわかったのですか」

気負い込んで教授は詰め寄った。

「いまのところわかっていません。でも摑《つか》める可能性が強くなってきました。そうなれば、犯人にたどり着けます」

いささか楽観的な言葉を夏希は口にせざるを得なかった。

「本当ですか！」

案の定、依田教授は期待のこもった声を上げた。

「警察はクルマを特定するさまざまな手段を持っていますから」

これは事実だが、常にうまくいくとは限らない。

「とにかく早く信悠を救ってください」

依田教授の顔はかなり引きつっている。

「はい、いまたくさんの捜査員がクルマの割り出しのために精いっぱい動いています。指揮本部にはたくさんの捜査員が参加しています。人海戦術は大きな力です」

頑張って夏希は力づよく言った。

「午前〇時というと、あと一〇時間を切りました……」

教授の厳しい顔つきは変わらない。

「必ず救出します。一〇〇%です」

夏希にももちろん一〇〇%の自信はあるはずもない。

しかし、神奈川県警の力で一〇〇%の結果を出さなくてはならないのだ。

家の前でクルマが止まる音がした。

川藤が玄関に走った。

一人の女性が、おぼつかない足取りでリビングに入ってきた。

血の気を失って憔悴《しょうすい》している顔つきの三〇代なかばのこの女性こそ、依田教授の美穂夫人に違いあるまい。

介添えするように川藤が付き従っている。

チャコールグレーのスーツ姿に、明るいグリーンのショルダーバッグを提げている。

ごく地味な化粧をしているが卵形の輪郭を持つ鼻筋の通った女性だ。

疲れ切って沈んだ表情でなければ美人と呼んでもいいだろう。

「あなた……」

青ざめた顔で美穂はかすれた声を出した。

「お帰り」

言葉少なく依田教授は言った。

「ハルちゃんは……ハルちゃんは……」

かすれた声で美穂は言った。

「まだ行方はわかっていない」

沈んだ声で依田教授は答えた。

「警察はなにをやっているの？」

美穂は目を剝《む》いてわめいた。

「お、おい……警察の方に失礼だぞ」

依田教授はあわてたように夏希たちを見た。

夏希たちはそれぞれに立ち上がった。

「県警の島津です。捜査員一丸となって現在、信悠くんの救出に全力を尽くしています」

冴美の言葉は力強かった。

「ハルちゃんはいまどこにいるのですか」

美穂は責めるような口調で訊《き》いた。

「所在は捜査中ですが、無事は確認できています。犯人に写真を送らせました」

冴美はきっぱりと言った。

「見せてください」

美穂は冴美の顔を見て言った。

「どうぞ」

冴美は自分のスマホに転送した例の写真を見せた。

「ああ、ハルちゃん、ハルちゃん……こんな姿でかわいそうに……泣いてるじゃない」

美穂の目に涙があふれた。

「真田です、大丈夫です。犯人は信悠くんを手荒く扱うことはないはずです。身代金を受けとるまでは犯人にとって信悠くんは大切な存在です」

夏希の言葉は美穂にとって励ましになるであろうか。

「でもでも、今夜《の》の〇時までに身代金を払えないと……」

美穂は言葉を呑み込んで、身体をぶるっと震わせた。

「それまでに我々が信悠くんを救出します」

力強く夏希は言った。

家族の動揺は捜査にとってプラスになることはない。

「本当なのね？」

美穂は歯を剝き出して詰め寄った。

「必ず救出します」

夏希はそう答えるしかなかった。

「ところで、シルバーメタリックのミニバンが犯人の使ったクルマと考えられています。そのようなミニバンに心当たりはありませんか」

冴美が美穂を見つめて訊いた。

「いいえ、まったく知りません」

美穂は大きく首を横に振った。

「そうですか……わかりました」

冴美は静かにうなずいた。

「逗子からのタクシーのなかで気持ち悪くなって二度ほど路肩に駐《と》めてもらって休みながら帰ってきました……ちょっと遅くなってしまって……少し休ませて頂いていい

ですか」

誰にともなく美穂は訊いた。

顔色はよくない。化粧が落ちてきているせいかもしれないが。

緊張が解けて急に具合が悪くなったようだ。

おそらくは過度のストレスによる一時的な自律神経失調症などの症状が出ているのだ。

しばらく休んでいれば回復するはずだ。

「ゆっくりお休みになってください。必要なときにはお声がけします」

冴美はやさしい声で言った。

「なにかありましたらすぐに教えてくださいね……失礼します」

美穂はかるく頭を下げるとさっさと奥へ消えた。

「すみません。皆さんには失礼しちゃいました。ふだんはおだやかなんですが、さすがに信悠のことが心配らしくて……」

依田教授は身をすくめて詫《わ》びた。

「いいえ、お気遣いなく。わたしたちは慣れていますので」

冴美がにこやかに言ったので、夏希も愛想笑いを見せた。

実の母親でなくとも、日常からかわいがっていた子どもが生命《いのち》の危機に曝《さら》されているのだから仕方がないだろう。

しかし、美穂はかなり感情的であるな、とは感じた。

しばらく気まずい沈黙がリビングに漂った。

沈黙を破って、夏希のスマホが振動した。

加藤からだった。

自分に電話してくるからには何ごとか起きたに違いない。

夏希は緊張しつつ電話を取った。


【3】


「おう、真田、前線本部にいるんだってな」

久しぶりに聞く加藤の声は頼もしかった。

「お疲れさまです。加藤さん、いまどちらですか」

「俺と北原は依田教授が以前講義していた大学に聞き込みに来たんだよ」

「神奈川工業大学ですね」

「ああ、そうだ。保土ケ谷の丘の上にデーンと建ってるんだ。依田先生はいま勤めてる横浜科学技術大学に籍を置いたまま、ここに教えに来てたらしいな」

「そう聞いています。で、なにか見つかりましたか」

夏希は期待を込めて訊いた。

「ちょっと気になる聞き込みをしてな。過去に依田教授によく突っかかった学生がいるんだよ。ソリが合わない程度の話だったみたいだけどな」

加藤の言葉が妙にのんびり聞こえて、夏希はじりじりした。

「なんて人なんですか」

夏希の声に加藤はかすかに笑った。

「まぁ、そう焦るな。本城常雄《ほんじょうつねお》って男だ。二七歳の神奈川工業大学大学院生だ。指導教授や友だちが金曜から顔を見てないって言うんだ。俺はよくわかんないんだけど、理科系の大学院生なんてのは、だいたいは毎日、研究室に顔は出すらしいな。それから土曜のゼミの飲み会にも来なかったって言うんだよ」

加藤はなんの気ない調子で言った。

「それってかなりの程度で、有力な筋じゃないですかね……」

夏希の声はかすれた。

「ああ、このタイミングだ。追いかける意味はあるだろ？」

相変わらず加藤はのんきな調子だ。

「もちろんです」

夏希はきっぱりと言い切った。

「本城常雄の漢字を言うぞ」

「あ、ちょっと待ってください」

夏希はあわててメモとペンを取り出した。

「いいか、東海道《とうかいどう》本線の本に、小田原《おだわら》城の城、常識がないの常、英雄の雄だ。携帯の番号は〇八〇……」

ゆっくりと加藤は伝えてくれた。

「書きました……なんで『常識がない』なんですか？」

夏希はあきれ声を出した。

「へへへ、犯人なんてみんな常識がないヤツだろ。そいつのアパートに行ってみたら、三日前から姿を消してるって言うんだ。隣の兄ちゃんが言うには、ふだんは遅くまで勉強していてよく顔を合わせる。それに安アパートだから、隣の生活音なんかはけっこう聞こえるけど金曜の夜からなにも聞こえないって言うんだよ。俺の勘だけど、こいつは洗った方がいいんじゃないかってね。大学のほうでそいつの携帯番号はゲットしたんだけど、何度かけてもつながらない」

「電源を切ってるとか、圏外とかじゃないんですか」

「いや、電源は入っていて電波はつながっているらしいんだ。だけど、コール音が永遠に続くばかりでよ。とにかく、不自然だ。俺と北原はこいつを追ってみるよ。金に困ってたなんて話が出てきたらホンボシ候補に昇格だよ」

嬉《うれ》しそうに加藤は言った。

「あの、織田さんには？」

気になって夏希は訊《き》いた。

この話は指揮本部に伝えて捜査方針を変えるほどの事実だ。

加藤と北原だけで追いかけていては、時間が足りない。

「心配すんな。北原に佐竹に電話させてる。俺はまず真田に教えたくてな。それに、えらい人は苦手だからな」

低い声で加藤は笑った。

加藤に伝えるべきことを夏希は頭の中でまとめた。

「依田家の家政婦さんの大野慶子さんが、事件前日に現場近くで不審車両を見ています」

「ああ、そいつは無線で流れてきた。軽じゃないシルバーメタリックのミニバンだってな。有力な情報だ」

さすがに織田は抜かりがなかった。

「依田ご夫妻にはそのクルマには覚えがないそうです」

「織田はレンタカーの可能性も考えて、このあたりのレンタカー屋にミニバンを借り出した人間のチェックをしているってことだ。本城常雄の名前でチェックしろって北原に伝えさせてる。あと九時間だが、対象はずいぶん狭まってきたぞ」

誇る風でもなく、加藤は言った。

「加藤さん、さすがです」

夏希は素直な賛辞の言葉を送った。

「ふつうの仕事してるだけだ」

加藤はさらっと答えた。

「でも、ヒットのような気がしてます。わたしの勘では犯人は教育があって知能が高いタイプ、さらにきちょうめんだと思います」

予断になるかもしれないが、加藤なら大丈夫だと思って夏希は言った。

「おい、二七歳の大学院生ならドンピシャじゃねぇか。どうしてわかったんだ？」

驚いた声で加藤は訊いた。

夏希は《re.》のメールタイトルなどの話を説明した。

「やっぱり真田に電話してよかったよ。そういう細かいことってさ、指揮本部はキャッチできないからな。でも、そんなとこに本筋が眠ってるんだよ」

まじめな声で加藤は言った。

「あんまり本気にしないでください。ただの勘ですから」

ストレートな評価に夏希はいささか焦って言った。

「心配するな。参考程度にする。ところで本城について念のため依田先生に訊いてくれ。なにかわかったら、俺にも電話くれ」

「了解です。指揮本部には戻らないんですか」

「指揮本部には近づきたくねぇな。あの死に損ないの大将がいるだろ？」

「それは言ってはダメです」

「まったくだ。はははは。じゃあな」

加藤は笑って電話を切った。

「島津さん、加藤さんが気になる人物を見つけました」

夏希は冴美に向かって弾んだ声で言った。

「本当ですか！」

冴美は張り切った声で言った。

「はい、依田教授のかつての教え子で現在、二七歳の神奈川工業大学大学院生だそうです。本城常雄という男性です」

自分が書いたメモを夏希は冴美に見せた。

「はい、打込みました」

冴美はスマホの入力も早い。

「この男性は大学生のときに依田教授に突っかかるような行動を見せていたとのことです。それで金曜日から行方がわからないそうです」

抑えようとしても夏希の声は弾んだ。

「それは有力な線ですね」

冴美の顔は見る見る明るくなった。

「加藤さんも言ってましたし、わたしもそう思います。本城は携帯に電話し続けていても出ないそうです」

夏希の言葉に冴美の顔にわずかな緊張が走った。

「それは奇妙ですね。依田先生にも確認してもらいましょう」

冴美の言葉を聞くなり川藤が飛び出していった。

「これは犯人という意味ではないので、あらかじめご承知おきください。先生のかつての教え子に本城常雄という男性がいたと思うのですが」

現れた依田教授に冴美は慎重な言い回しで尋ねた。

「はい、おりました」

教授の顔が少しこわばった。

「どんな人でしたか」

畳みかけるように冴美は訊いた。

「まじめで勉強熱心な学生でしたが、生意気なところがありましたね」

教授はちょっとだけ顔をしかめた。

「生意気というと、具体的にはどういう行動を取っていたということでしょうか？」

おだやかな声で冴美は訊いた。

「わたしの学説に反対する研究者の学説を持ち出してきて、議論するようなこととかですね。でも、わたしは肯定的に評価していましたよ。あの頃は彼も学部生でしたからね。大学生相手に腹を立てるほど、わたしは愚かではありませんよ」

教授はうっすらと笑った。

「プライベートの関係はなかったのですね？」

冴美の問いに、依田教授は首を横に振った。

「まったく縁がないというか……ほかのゼミ生などと一緒です。ここにも何度か来ましたが、ゼミ生のために飲み会を開いたときだけです」

「特別な関係はなかったのですね？」

念を押すように冴美は訊いた。

「ええ、そう言って間違いないと思います」

教授はきっぱりと言い切った。

「先生が神奈川工業大学に教えに行かなくなってからはどうでしょうか」

「まったくつきあいはありません」

依田教授はふたたび首を横に振った。

「奥さまはどうでしょうか」

冴美はいきなり質問の矛先を、美穂に変えた。

「わたしと同じようではないでしょうか」

迷わずに教授は答えた。

「と言うと」

冴美は詳しい説明を求めた。

「妻はあの頃は博士課程の院生でしたが、院生と学部生との先輩後輩という関係です」

あっさりとした依田教授の言葉だった。

ここまで聞いていて、教授は本城にさして関心がなかったことが伝わってきた。

「奥さまにもお話を伺いたいのですが」

遠慮がちに冴美は頼んだ。

「いまでなければダメですか？　家内は疲れていて、もしかすると眠っているかもしれません」

依田教授は妻を気遣うようにためらいの言葉を口にした。

「申し訳ないのですが、確認だけさせて頂けませんでしょうか」

言葉だけはおだやかだが、冴美の目は拒絶を許さない感じだった。

「わかりました。ここへ来るように言ってみます」

依田教授は肩をすぼめた。

冴美はたまに刑事らしい表情をみせる。

教授はキャビネットの上に置かれた電話機の受話器を手にしてボタンを押した。

内線電話の機能も持っているらしい。

「寝ていたのか。悪いが、警察の人がちょっと確認したいことがあるそうだ。下りてきてくれ」

やさしい声で依田教授は言った。

しばらく待つと、美穂が力なく歩いて廊下から出てきた。

ベージュのガウンを部屋着の上に羽織っている。

顔色は相変わらずよくない。

「お休みのところ申し訳ありません」

冴美がていねいに頭を下げた。

「なにか進展がありましたか」

美穂は不機嫌な声を出した。

「奥さまは本城常雄さんという学生さんをご存じでしょうか」

単刀直入に冴美は訊《き》いた。

「ええ、後輩です……まさか本城くんが犯人なのですか」

美穂は眉間《みけん》にしわを寄せて声を高めた。

「いや、そういうわけではありません」

顔の前で手を振って冴美は、言葉を続けた。

「最近、お会いになったことはありますか」

美穂ははっきりと首を横に振った。

「わたしが神奈川工業大学を辞めてからは会ったこともありません」

「あちらの大学ではお親しかったのですか」

冴美はやわらかい声で尋ねた。

美穂は一瞬、黙った。

「本城くんは狷介《けんかい》な性格というか、非常にプライドの高い人で……あまりつきあいたい学生ではありませんでしたので、とくに親しくはしていませんでしたね。それがなにか？」

いくらか尖《とが》った声で美穂は訊いた。

「いえ、それだけ確認できればじゅうぶんです。ご協力ありがとうございました」

冴美はきちんと礼を言った。

「早く信悠に会わせてください。どうかお願いします。頭痛が治まるまで、失礼します。なにかあったら、いつでも呼んでください」

美穂は頭を下げて廊下へと去った。

それから数時間、夏希たちは為す術《すべ》もなく待ち続けた。

すでに美穂も回復して、書斎で依田教授とともに電話を待っている。

どうしても集中力は落ちてくる。

一方で壁の時計の針は、嫌になるほど早く進む。

窓の外は、暮れが近くなってきた。

遠い水平線は青黒く沈み、背後は華やかな青から赤へのグラデーションに包まれている。

夏希は腰が落ち着かないような、後ろからなにかが迫ってくるような感覚に追い立てられてきた。

犯人からはもちろん、織田からも、加藤からも、誰からもなんの連絡も入ってこない。

冴美は定時連絡の電話を本部に入れているが、お互いに何の進展もないという。

時計の針は七時をまわった。

残り時間はあと五時間だ。

夏希のこころには焦燥感が募っていた。

第四章　アリシアが見た景色

【1】

七時を少しまわったところで、加藤から着信があった。

「真田、見つけたぞ！」

耳もとで加藤の声が弾んだ。

「なにが見つかったんですか」

夏希は期待を込めて訊いた。

「本城のヤツは相鉄《そうてつ》線の西横浜駅近くのレンタカー屋でミニバンを借りてたんだよ」

「あ、保土ケ谷と近いですもんね」

「そうだ、本城は神奈川工業大学杉目《すぎめ》直哉《なおや》研究室の学生代表として借りていた。俺と北原はヤツが自転車で動きそうな範囲のレンタカー屋を一軒一軒まわって訊いた。そしたら、ヤツはふつうのレンタカー屋じゃなくて独立系というか横浜市内のガソリンスタンドにクルマを置いているレンタカーグループを使っていた。なかなか見つけにくいが、おそらくはそこの店を知ってたんだろう。金曜の夜から明日《あした》の夜まで借りている。犯人の可能性が急上昇だ」

　加藤の声は明るかった。

「その通りですね……」

　夏希の声は乾いた。

「ミニバンって言っても商用車だ。車種は日産バネット。ナンバーは横浜400わ××××。織田には至急秋谷付近のNシステムを総当たりしろって進言する。それから指揮本部には本城の運転免許証のコピーも送っといた。獲物狩りが始まるのも近いぞ。島津さんにはそう言っといてくれ」

「はい、わかりました。いま、わたしのスマホに免許証のコピーなどが届きました」

　親切なことに、加藤はレンタカーのナンバーを書いたメモまで送ってくれた。

「じゃあ、またなにかあったら連絡する。俺はしばらく本城常雄の鑑取り捜査を続ける」

加藤はあわただしく電話を切った。

夏希は転送された運転免許証を直ちに覗《のぞ》き込んだ。

短髪の細い輪郭の男で、まじめな雰囲気を持つ神経質そうな容貌《ようぼう》だった。

ぱっと見、誘拐などに手を出しそうには見えない。

「織田部長から連絡がありました。本城常雄が金曜日からレンタカーを借りていることがわかったそうです。車種もナンバーも判明したそうです」

冴美の声ははっきりと弾んでいた。

「加藤さんが連絡してきました。免許証のコピーデータをもらいました」

「いつもながら加藤さんはスゴいですね。いよいよ本城が犯人である可能性が急上昇しましたね」

「と言うか、ほぼ確実じゃないでしょうか」

浮き立つような声で夏希は言った。

強くうなずいてから、冴美は声を潜めた。

「ただ、この件はまだ依田夫妻には伝えないようにとの指示を織田部長から受けました」

「なぜでしょう」

夏希には素朴な疑問だった。

「焦っておかしな動きをすることを警戒しているようです」

冴美は静かに書斎へ視線を移した。

仮に教授が自主的に本城の行方を追おうとしたら、捜査は混乱するだろう。

「わかりました」

教授夫妻には、信悠の元気な姿さえ見せればいいのだと夏希は思った。

「とにかくNシステムですね」

冴美は弾んだ声を出した。

いまの段階では本城と信悠がどこにいるのか、まったくわからない。

時間的には他都府県へ出てしまっている可能性は捨てきれない。

一方で、どこか近辺に身を潜めている可能性も高い。

広域に移動していれば、多くの人の目に触れるおそれがある。

「ええ、ヒットがあることを祈りましょう」

夏希の言葉に、冴美は深くうなずいた。

それから三〇分もしないうちに織田から着信があった。

「織田です。真田さん、Nシステムがヒットしました！」

さすがに織田も興奮が隠せないようだった。

「本当ですか！」

思わず夏希は叫び声を上げてしまった。

「はい、午前九時七分に国道一三四号の横須賀市長井《ながい》一丁目に設置されているNシステムに当該車両の下り方向への通過が記録されていました。その後、横須賀駅付近の国道一六号や横浜横須賀道路のNシステムなどに記録がないこともわかっています。佐竹さんたちとも検討した結果、犯人は一三四号を南下して三崎口《みさきぐち》方向に進んだか、あるいは東西のどちらかへ転じて、横須賀市内に留《とど》まっている可能性が非常に高いです」

「また、加藤さんのお手柄ですね」

「いや、してやられましたよ。わたしたちは本城常雄名義で探していたので時間が掛かっていました。まさか大学の杉目直哉研究室名義でレンタカーを借りたとは思いませんでした」

嘆くような声を織田は作っている。

「杉目さんっていう人は？」

さっきの電話で加藤が初めて口にした名前だ。

「本城の指導教授です。名前を冒用しただけで本件とは関係がないと思います。また、わたしたちは大手レンタカー会社を都内や静岡県、山梨県まで手を広げて探していたんですが、本城のアパートから自転車で行ける範囲のちいさなレンタカー屋で借りていたとは……」

織田は言葉を途切れさせた。

「とにかく次は居場所の特定ですね」

夏希は織田を鼓舞するように言った。

「ええ、久里浜《くりはま》のフェリーターミナルには確認していますが、房総へは出ていません。やはり、三浦市か横須賀市南部のどこかに潜伏しているはずです。いま五島くんに本城の携帯電話について調べてもらっています。やがてもっと範囲は絞られるはずです……ちょっと島津さんに替わってもらえますか」

「お待ちください」

夏希は冴美を手招きして自分のスマホを渡した。

「島津です……はい、経過は真田さんから聞いています。え、ちょっと待ってください」

冴美は自分のスマホを取り出してタップした。

「だいたい、三〇分以内で到着できると思います。こちらには一、二名を残します。では、直ちに」

電話を切ると、

「真田さん、前線本部を移します。真田さんも一緒に来てください」

毅然《きぜん》とした声で冴美は言った。

「もちろんです。どこに移すのですか」

夏希としてはほかに選択肢はなかった。

犯人からの返信がない以上、ここで自分にできることはない。

「《マリンハウスけいゆう》です」

冴美は声を潜めて言って黙って唇に人さし指を当てた。

そんな施設の名は訊《き》いたことがなかった。

「川藤、聞いてたでしょ」

冴美はにこやかに川藤に言った。

「はっ、前線本部を三浦市に移すのですね」

川藤は張り切った声で返事した。

「そうです。川藤はここに残って依田教授のPCの監視を続けなさい。それと夫妻のサポートもお願いします」

冴美は淡々と指示を出した。

「俺は置いてけぼりですか？」

川藤は頬をふくらませた。

「ふさわしい役目よ。あなたは隊員のなかでいちばん気が利くじゃない」

諭すようにおだてるように冴美は言った。

「褒められてるんですかねぇ」

川藤は首をひねった。

「いいから、依田教授と青木と五代を呼んできて」

おどけた表情で敬礼すると、川藤は書斎へと消えた。

すぐに依田教授と青木と五代が出てきた。

「犯人と思われる人物に近づける可能性があります。我々は移動します。この川藤と津川《つがわ》という者がお相手を致します」

冴美は立ち上がってきっぱりと告げた。

「島津さんたちは移動してしまうのですか」

依田教授はぼんやりと訊いた。

「そうです。信悠くん救出のために適当な地点まで移動します」

冴美は明確な発声で伝えた。

「犯人の居場所がわかったのですか」

気負い込んで依田教授は訊いた。

「まだ一点には絞れていませんが、ある程度の範囲は判明しました」

冷静な声音で冴美は答えた。

「場所を教えてください」

身を乗り出すようにして教授は言った。

「現時点ではお伝えできません」

冴美ははっきりと首を横に振った。

「なぜですか。わたしは信悠の父親ですよ、知る権利がある」

依田教授は正論で問い詰めた。

「申し訳ございません。上からの指示ですので……」

冴美の答えは鈍った。

「いつも警察はそうやって情報を独占するんだ」

依田教授は怒り任せに吐き捨てるように言った。

「どうか信悠くんの安全のためにお許しください。可能になったらすぐにご連絡します」

冴美は深々と身体を折った。

夏希も仕方なく冴美に倣った。

「信悠の安全のためですって？」

教授は納得できないという顔で言った。

「そうです。我々以外が範囲を知ることは、思わぬ危険を呼ぶことになりかねません」

実際に教授夫妻にウロウロされては、犯人がどういう行動に出るか知れたものではない。

「信悠を必ず助けてくれるんでしょうね」

教授は冴美を睨《にら》みつけた。

「お約束します」

冴美はきっぱりと言い切った。

神奈川県警の威信にかけてこの言葉を空手形にはできない。

「あらためまして、川藤です。この後はわたしがお近くで待機します」

にこやかに挨拶《あいさつ》して、川藤は挙手の礼を送った。

「はぁ、どうも」

釈然としない顔で教授は答えた。

「青木、出発する者を玄関前に集めて」

冴美は青木副隊長に指示した。

「了解です」

青木副隊長が元気よく答えた。

三分後、依田家の前庭には、夏希と冴美、それに加えてPCを監視する川藤と津川を除く、四名の隊員が整列していた。

小出《こいで》、杉原《すぎはら》など顔見知りの隊員たちの姿もあった。

「五時間を切っています。必ず信悠を助けてください」

依田教授はもう一度念を押した。

「あの子にもしものことがあったら……わたしたちも一緒に行かせてください」

美穂夫人は眉《まゆ》を吊《つ》り上げて、叫ぶように言った。

「お気持ちはわかりますが、現時点ではそれは難しいです」

冴美は教授に言ったのと同じことを繰り返した。

「すべてを警察にまかせてください。そうでないと信悠くんの救出が難しくなります」

夏希も諭すように美穂夫人に言った。

「潜伏場所はそう遠くはないと予想されています。救出時にはご連絡しますので、信悠くんをお迎えに行く用意をしてお待ちになっていてください」
　冴美はさっと敬礼して指揮車の助手席に飛び乗った。
「真田さん、どうぞ」
　青木副隊長の声かけで夏希も指揮車に乗り込んだ。
　いつもながら照明が落としてあり、車内は独特のスパルタンな雰囲気が漂っている。
　片側にずらりと並んだモニターや無線機器は何度見ても圧倒される。
　青木副隊長や隊員たちが乗り込んできた。
「真田さんはキャプテンチェアに座ってくださいね」
　助手席からの冴美の指示通りに夏希は座った。
　最後に小出が運転席に座ってエンジンを始動させた。
「出発しますよ」
　小出の言葉とともに、指揮車はゆっくりと坂道を下り始めた。
　背後には五代が運転する機材運搬車が続いている。
　依田教授夫妻は姿が見えなくなるまで見送っていた。
　県道二一七号を下って、トンネルを抜けると国道一三四号だった。
　指揮車と機材運搬車は、三浦市方面に進み始めた。

すでに陽は落ち、黒々と沈む海の上にネコの目のような夕月が傾いている。

「ここって、ずっと前の事件で来たことがある場所ですね」

夏希は目の前を通り過ぎる駐車場に見覚えがあった。

ここに駐《と》めた指揮車を仮の前線本部とした事件に参加した記憶が蘇《よみがえ》った。

そのときもこのバスに乗っているメンバーが中心だった。

「真田さん、覚えてました？　そうです。もとの県営立石駐車場です。わたしが大失態を演じた事件です。そのせいで青木には重傷を負わせてしまいました」

冴美は唇を嚙《か》んだ。

「おかげでわたしがのんびりと長期休暇がとれた事件ですよ。例のレッド・シューズの……」

青木が楽しそうに言った。

「そうでした。片倉《かたくら》管理官が仕切りでした。青木さん、お腹のケガはもういいのですか」

夏希は救出されたときの青木のようすを思い出していた。

「もうすっかり治りましたよ。急所は逸《そ》れてましたからね。だけど、寒くなると傷口がうずくんですよ。だから、この冬は班長にお許しを頂いてゆっくり湯治に行こうと思ってましてねぇ」

青木はへらへらと笑った。

「あのときはごめんね。でも湯治はほかの係に移ってからになさい」

まじめなのか冗談なのかわからない調子で冴美は言った。

「あっははは、この班長のもとでは湯治には行けそうにないな」

青木に釣られて冴美も笑った。

「よかった、空《す》いてて。一三四号は逃げ道がないから、混むとどうにもならなくなるからね」

ステアリングを握っている小出が言った。

「ほんと、空いてますね」

夏希は相づちを打った。この時間だからか対向車も含めてクルマはほとんどいない。

「逗子から葉山あたりは、まだ混んでるかもしれないですよ」

小出は鼻歌でも歌いそうな声で言った。

国道一三四号が空いていることは、今夜の捜査にとってまことに都合がよい。

「ところで行き先の《マリンハウスけいゆう》ってどんなところですか」

さっきから訊《き》きたかったことだった。

「正しくは神奈川県警察本部《マリンハウスけいゆう》……三浦市の初声町《はっせまち》ってとこ

にある県警の厚生宿泊施設です。例の横須賀市長沢のNシステムの設置地点から八〇〇メートルくらいの位置にあります」

冴美がさらっと説明した。

三浦市と言うから、Nシステムとはもっと離れてるのかと思っていた。

「どんな施設ですか」

夏希は重ねて尋ねた。

「わたしも行ったことないし、どういう施設なのかもわからない。とにかく、ある程度の人数が宿泊できるみたいです。織田部長が警務部の厚生課に連絡して使用許可をもらってるそうです。今夜は宿泊客ゼロだって……。流行《はや》ってないのかな」

冴美はかすかに笑った。

「みんな忙しすぎるのかも」

夏希はまじめに答えた。

「そうですねぇ。年々、我々も忙しくなってるからねぇ」

小出が自嘲《じちょう》気味に言った。

夏希のスマホが振動した。

心臓がどくんと収縮する。

「織田です。五島くんがやりましたよ。本城の携帯から出ている電波をキャッチしている基地局を突き止めてくれました。三浦市です」

元気のよい織田の声が響いた。

「やりましたね。さすがは五島さんですね」

夏希はしぜんと高い声が出てしまった。

「ええ、本当にありがたいです。で、この電話を島津さんに替わってもらいたいんですが」

「島津さん、織田部長が電話を替わってほしいそうです」

夏希は冴美にスマホを渡した。

「お疲れさまです……グッドジョブ！　さすがはサイバー特捜隊ですね。了解です。現地付近に急行します」

冴美は力づよく言って電話を切ると、スマホを夏希に返した。

「本城常雄が現在使用している携帯の基地局が判明しました」

冴美の言葉に車内に歓声が響いた。

「でも、本城は電話をかけたのでしょうか」

不思議に思って夏希は訊いた。

「携帯電話は電源が入っていれば、発信受信していなくとも常時電波を出しているのです」

なんでもないことのように冴美は言った。

「そう言えば、加藤さんが電話には出ないがつながっていると言っていました」

永遠にコール音が鳴り続けていると言っていた。

「で、本城常雄の携帯端末……まぁスマホでしょうけど、CUバンクの八〇〇MHzのものだそうです。そして現在、神奈川県立三浦初声高等学校和田《わだ》キャンパスの農業科校舎の屋上に設置されたアンテナが基地局となっているそうです。この基地局はおよそ五〇〇メートルの到達距離を持つそうです」

なにげなく言ったが、冴美は思案顔だった。

「半径五〇〇メートルの円となると、かなりひろい範囲ですね」

夏希は憂慮をそのまま口にした。

「苦労しないかも知れません。その高校の所在地は三浦市初声町和田です。その付近には畑地が多いのです」

自分に言い聞かせるような冴美の声だった。

「そうか、だから農業科なんですね」

「そうです。青木、モニターに地図出して。三浦市初声町和田付近。三浦初声高校。わたしは助手席のタブレットを見るから……」

冴美は青木に命じた。

「了解！」

青木がなにやら操作をするとモニターに地図や航空写真が映った。

「北西南の三方向は畑地だけど、東には住宅が建て込んでるな」

気難しげに冴美は言った。

「ほんとだ」

夏希は思わずうなずいた。

高校の東側に密集した住宅はいったい何軒あるのだろうか。

「大丈夫ですよ。まだ、四時間あります」

青木が励ますように言った。

「そうね……潜伏場所は見つかるよね」

冴美は明るい声を出したが、眉間《みけん》にしわを刻んでいる。

夏希のスマホが振動した。

「真田か……」

電話は小川からだった。

「小川さん？　どこにいるの？」

意気込んで夏希は訊いた。

「いまアリシアと一緒に指揮本部に戻っている。そっちに合流するように佐竹さんに言われたんだけどさ」

小川はいつものように淡々とした口調で言った。

夏希は嬉《うれ》しかった。

もちろん、かわいいアリシアに会えることはすごく嬉しい。

だが、いまはそれ以上にアリシアが来てくれることで、抱えている大問題が解決するかもしれない。

「島津さんとわたしたちは三浦市初声町和田の県立三浦初声高等学校和田キャンパスに向かってます」

ワクワクしながら夏希は答えた。

「やっぱり基地局のところか。じゃ、俺たちも三浦初声高校の正門前に行く。横横道路とか使ってだいたい三〇分で着く。待っててくれ」

小川は返事も待たずに電話を切った。

「島津さん、アリシアが目的地に来てくれるそうです」

夏希は明るい声で報告した。

「アリシアが来てくれるのね。それなら間に合う！」

冴美はかるく叫び声を上げた。


【2】


目の前の校門内には温室が何棟か並んでいた。

ちょっとググってみると、和田キャンパスは都市農業科が置かれていて、かつては平塚《ひらつか》農業高等学校の初声分校だったそうだ。一キロほど離れたところには入江《いりえ》キャンパスがあり、こちらは前身が三浦臨海高等学校で普通科の課程があるようだ。

つまり和田キャンパスはまるきり農業高校なのだ。

まわりは地図で見るとほとんど畑だが、道路を挟んだ反対側には住宅が並んでいる。

ちょっと離れたところには長井海の手公園ソレイユの丘や航空自衛隊武山《たけやま》分屯基地がある。

だが、両方とも五〇〇メートルをはるかに超えている。

夏希は小川たちを待って外に立っていた。

夏の夜風が気持ちいい。

まわりの畑では特産の三浦スイカが育っていることだろう。

さすがにこのあたりまで来ると空は暗く、温室の東の夜空には夏の大三角形が光り輝いている。

しばらくすると、右手からふたつ並んだヘッドライトが近づいてきた。

小川の鑑識バンだ。

鑑識バンは指揮車の横に止まった。

後ろのウィンドウがすーっと下がった。

アリシアのために換気をしているのだろう。

運転席から活動服姿の小川が下りてくる。

「こんばんは」

夏希は明るい声を掛けた。

「おう、お疲れ」

小川にしては愛想のいい挨拶《あいさつ》が聞けた。

「アリシア！」

夏希は叫んでバンのなかを見た。

アリシアはケージから夏希を見ておとなしくしている。

抱きしめたいが、いまはガマンだ。

指揮車から冴美が下りてきた。

「お疲れさまです。特殊の島津です」

冴美はハキハキと挨拶した。

「どうも……」

照れたように言って小川はうつむいた。

「小川さんとアリシアに助けて頂きたいんです」

冴美の声は真剣そのものだった。

「アリシアなら力になれると思います」

顔を上げて、自信ありげに小川は答えた。

「信悠くんが監禁されている場所をアリシアに探してほしいんです」

冴美は顔の前で手を合わせて頼んだ。

「アリシアならきっと見つけ出します。信悠くんをクルマから下ろした場所からの匂いは完全にキャッチできると思います。洗濯していない彼のハンカチや靴下をサンプルに借りてます。この基地局から半径五〇〇メートルの範囲ですよね」

冴美の顔を覗《のぞ》き込むようにして小川は訊《き》いた。

「そうです。それも三時間以内。一一時半までです。突入に最低でも三〇分は要しますので」

厳しい顔つきで冴美は言った。

「場所、絞ったほうがよさそうですね」

小川は首をひねった。

「はい、ほかの隊員とも検討したのですが……」

冴美はタブレットを取り出した。

「一般住宅や集合住宅、福祉施設などは後回しにしたいと思います。高校の校舎の北側にある農業用倉庫と、東側の使用していない資材倉庫からチェックしたいです。両方とも人目に付きにくく信悠くんを監禁するには適当だと考えます」

タブレットを見せながら、冴美は説明した。

「俺は使ってない資材倉庫を優先にしたいと思いますね」

考え深げに小川は言った。

「賛成です。で、もうひとつお願いです。このエリアは一歩裏に入ると、営農トラックしか通れないような狭い道が多いんです。この二箇所は幸いなことに広そうですが指揮車や機材運搬車が入れるかは現地に行ってみないと判断できません。資材倉庫や農業用倉庫まではわたしを乗せてもらえませんか。そこから指揮車を呼びます」

　冴美はかるく頭を下げた。

「お安いご用です。真田も乗るな？」

　小川は当然だという顔つきで訊いた。

「頼もうと思ってたよ」

　そのつもりだった。

「じゃあ二人ともどうぞ」

　陽気な声で小川は言った。

「ちょっと副隊長に段取りを説明してきます」

　冴美はいったん指揮車に戻って、すぐ帰ってきて助手席に座った。

　夏希はすでに後部座席に座っていた。

「小川さんが入ってきた道を戻ってもらって、右方向へ道なりに行って変電所の向かいです」

　冴美はタブレットを見せながら道順を説明した。

「了解です」

鑑識バンはゆっくりと校門を離れた。

「お疲れさま、アリシア」

夏希は後ろのケージを覗き込んだ。

残念ながらケージのなかなので頭や背中を撫《な》でることはできない。

アリシアはケージの隙間から鼻を覗かせているが、ここは触ると嫌がる場所だ。

夏希はこうしたルールを小川からいろいろと教わってきた。

鼻をクンクン鳴らしているアリシアに触れるのはしばしばガマンだ。

すぐに目的の倉庫に到着した。

変電所側の道路際の少し幅広い場所に小川は鑑識バンを駐《と》めた。

「期待してませんでしたけど、例のバネットは見あたらないですね」

冴美は目を凝らしながら言った。

「目印に真ん前に置いといたら誘拐犯の看板出してるようなもんですからね。どこか離れたところに駐めてあるんでしょう」

小川は軽口で答えた。

「この道なら、指揮車が入ってこられる」

冴美は明るい声で言った。

「さぁ、行きますよ」

小川の音頭で三人はさっとクルマを下りた。

変電所の灯《あか》りで、あたりはある程度明るいが、倉庫には照明はなく薄暗い。

全体がスレート素材でできたような大きな倉庫だ。

相当前に建てられたものらしく老朽化が目立つ。

壁のほとんどの面積が、閉じられた二枚のシャッターで占められている殺風景な建物だった。

シャッターの両脇には格子の入った窓が二箇所設けられていた。

リヤゲートを開けると小川はケージからアリシアを出した。

アリシアはしゅるりと出てきて、アスファルトにしゃきっと立った。

ハーネスを装着しているので、お仕事モードに入っている。

仲よくするのはガマンしなければならない。

夏希の顔をじっと見たが、それ以上は近づいてこない。

小川はハーネスにリードを装着した。

「アリシア、ほら、この匂いだぞ」

証拠収集袋からハンカチを取り出した小川は、アリシアの鼻先に持っていった。

「この匂いはしないか？」

アリシアはハンカチに鼻を近づけて懸命に嗅《か》いでいる。

ハンカチから鼻を離したアリシアは、小川の顔を見た。

「よし、探せっ」

ハンカチをしまいながら小川は命じた。

アリシアは、二、三メートルの範囲でアスファルトの地面すれすれに鼻を近づけて匂いを嗅いでいる。

ある一点でアリシアは止まった。

「わんっ」

顔を上げたアリシアは小川を見てかるく吠《ほ》えた。

ヒットだ……。

夏希の背中はぞぞっとした。

「見つけたみたいです。この建物にいる可能性は高い」

小川は気合いの入った声で言った。

「匂いのあとを追うんだ」

アリシアと小川が先に立って倉庫のまわりを観察し始めた。
倉庫の前にも、発泡コンクリートブロックや鉄筋などが積んである。
上に掛けてあるブルーシートは風雨で汚れている。
どうやら、倒産した資材会社の倉庫らしい。
アリシアは建物の右側へ進んで角を曲がった。
右手のスレート塀と建物の間の狭い通路を、アリシアは進んでゆく。
誰も口をきかない。
張り詰めた空気が夏希たちを包んでいる。
アリシアは四角いコンクリート平板が敷いてある通路を匂いを嗅ぎながら進む。
こちらの壁には格子の入った明かり取りの窓が低い部分に続いていた。
一〇メートルほどの位置でアリシアは歩みを止めた。
振り返って小川の顔を見ている。
「ここだ」
小川が低い声で言った。
夏希の心臓は大きく収縮した。
そこは通用口だった。

よく見かけるアルミドアだが、窓ガラスが外されてベニヤ板がガムテープで留められている。

「ここだと思います」

確信に満ちた小川の声だった。

冴美がガムテープを剝《は》がすとベニヤ板は容易に外れた。

ぽっかりと黒い空間が現れた。

なにも言わずに冴美は空間から手を差し入れてドアの鍵《かぎ》を開けた。

ゆっくりと音を立てないよう冴美はドアを開けた。

アリシアが先立って内部に入った。

窓から漏れ来る外の灯りで、倉庫内は意外と明るい。

ガランとしていてグレーの重量棚が並んでいる。

いくつかの段ボール箱以外にはなにもない。

奥にプレハブの休憩室が設けられている。

倉庫の屋内に真四角なグレーの建物が建てられているのだ。

窓が一箇所とアルミドアが見える。

なんと薄明かりが漏れている。

電気は来ていないと思われるので、ランタンかなにかだろうか。
アリシアは休憩室に向かって進んでいく。
「Vänta!」（ヴェンタ！）
小川が「待て！」と命じてリードを引いた。
アリシアはすぐに動きを止めた。
目顔で冴美が『自分が見てくる』と意思表示した。
ゆっくりと冴美は休憩室へ歩いて行った。
いきなり、冴美は立ち止まって身構えた。
薄明かりの休憩室内で、ゆらりと人影が動いた。
背丈から大人と見えた。犯人に違いない。
「動くな！」
冴美は厳しい叫び声と同時に、オートマチック拳銃《けんじゅう》の銃口を窓に向けた。
人影がすくんだように見えた。
「動くと撃つ。すぐに人質から離れろっ」
冴美は厳しい声を上げた。
人質の影は見えないが、黒い影は固まったように動かない。

「ゆっくりと両手を挙げろ！」

激しい口調で冴美が命じた。

ランタンの灯りに浮かぶ人影は左右の手を挙げた。

「そのまま、おとなしく出てこい」

小柄で痩《や》せぎすの男が両手を挙げてよろよろと出てきた。

五メートルくらい離れた位置で、冴美は強い声を出した。

「そこで止まれっ」

冴美の命令で男は立ち止まった。

小川がフラッシュライトで男の顔を照らした。

短髪の細い輪郭の神経質そうな男だ。

運転免許証で見た本城常雄と考えて間違いはなさそうだ。

ブルゾンを着てデニムパンツを穿《は》いた地味な姿だった。

静かに両手を挙げた本城には、抵抗するようなようすは見えない。

力が抜けたような表情に、攻撃的な気配は感じられなかった。

「ほかに仲間はいないわね？」

冴美が静かな声で訊いた。

ややうつむいた本城はゆっくりと首を横に振った。

「信悠くんはどこなのっ」

信悠の姿は見えなかった。

本城は力なく休憩室であるプレハブを指さした。

「おい、真田、リードを頼む」

アリシアのリードをさっと小川は夏希に渡した。

「信悠くん……」

夏希は信悠か無事でいることをこころの底から願った。

すぐに休憩室に向かって小川は走り出した。

入口から小川はやさしい声をかけた。

「もう大丈夫だぞ」

ドアから小さな男の子が飛び出してきた。

白いシャツとサスペンダーのついた紺色の半ズボン姿……幼稚園の制服だ。

両手を手錠のようなもので縛《いまし》められているが、ケガなどをしているようには見えない。

全身の力が抜けるような安堵《あんど》を感じた。

休憩室から出た信悠は、きょろきょろと見まわした。

「信悠くん、こっち、こっち」

夏希は子どもに向かって大きな声を出した。

黙ったままの信悠は、夏希のすぐそばまで走ってきた。

そのときである。

「うぉおん、うぉぉん」

リードの先で、いきなりアリシアが狂ったように吠え始めた。

「うぉおぉおん」

身体を地面から浮かしてアリシアは吠える。

夏希がかつて聞いたことがないような切羽詰まった鳴き方だった。

大きく目を見開いて小川はアリシアを見た。

「みんな、すぐに建物から出るんだっ」

腹の底から響くような声で小川は叫んだ。

びっくりして夏希は小川の顔を見た。

小川の目は血走っている。

「うぉおーん」

アリシアはマズルを天井に向けて大きい声で吠えた。
「とにかく出ろっ」
小川は目を剝《む》いてふたたび大音声に叫んだ。
声が震えていることに、夏希は驚いた。
「こっちだっ。外だ、外に出るんだぁ」
小川は叫び続けている。
あまりの剣幕に驚いて、全員が出口方向に走り始めた。
夏希は子どもを抱き上げた。
「アリシア、Fara! gå!」（危ない！　行けっ！）
小川は強い口調でアリシアに言って道路を指さした。
アリシアは小川を追い越して一番先頭に出た。
先に立って小川とアリシアは通路を外の道へと走ってゆく。
「信悠くん、走って！」
道へ出たところで、ちいさな信悠の身体を床に下ろして夏希は信悠に言った。
信悠は黙ってうなずいて外へ走る。
夏希もすぐ後に続いた。

後ろから、本城らしき男が走ってくる。

最後に冴美が道路に走り出た。

「全員、建物から離れるんだっ」

小川は振り返って声を限りに叫んだ。

「ドォーン」

次の瞬間、倉庫内から大きな爆発音が聞こえた。

ものが崩れたりぶつかったりする派手な音が響いた。

どういうことだろう。倉庫内で爆発が起きた……。

アリシアの異常な吠《ほ》え方は火薬に対する反応だったのだ。

「間に合った……」

小川は肩で大きく息をついている。

あと一瞬遅かったら、夏希たちは爆風で吹き飛ばされていた。

「アリシアのおかげで命拾いしたよ」

夏希はアリシアに言った。

だが、当のアリシアはその場で姿勢を低くして震えている。

「アリシア……」

アリシアに向き直って、小川は言葉を失った。

PTSDの症状に違いない。

こんなにはっきりしたアリシアの症状を夏希は初めて見た。

しばらくは行動できないかもしれない。

「かわいそうだったな。よく頑張ったな。アリシア、もう大丈夫だぞ」

小川が駆け寄ってアリシアの背中を撫で始めた。

「くぅうん」

アリシアは震えながら小川を見上げると、悲しげに鳴いた。

「怖いよぉー」

信悠は立ったまま泣き声を上げている。

「もう大丈夫だよ。わたしたちが守ってあげる。おうちへ帰ろう」

やさしい声で夏希は、信悠を手招きした。

「おばちゃん」

駆け寄ってきた信悠は、いきなり夏希に抱きついてきた。

両手には手錠がはまったままだが、左右をつなぐチェーンは切れていた。

気づかぬうちに力が入って信悠が引きちぎったのだろう。

子ども用のオモチャなので、その程度の耐久力しかないのだ。

「怖かったね、怖かったね」

夏希は信悠の背中をやさしくぽんぽんと叩《たた》いた。

「怖かったよぉ」

少し屈《かが》んだ夏希の胸で信悠は泣き続ける。

だが、救急車を呼ぶほど衰弱してはいない。

脈拍も正常だし、発熱もしていないようだ。

朝から食料も与えられていたのだろう。

元気な信悠の泣き声に、夏希は安堵を感じた。

この子を救えた。

夏希は全身で大きな喜びを感じていた。

信悠を抱きしめながら、自分に子どもがいたらこんな感じだろうかと夏希は妙な気分になった。

「一一九番だ！」

背後で小川が短く叫んだ。

現在、この位置からは炎は見えないが、倉庫内で火がひろがっているおそれはじゅうぶんにある。

　夏希は信悠から手を離してスマホをとった。

　電話に出た者に自分は警察官であり、犯人確保のために立ち入った倉庫で爆発が起きた。場所は三浦市初声町和田の東電変電所前だと告げた。

　相手は直ちに消防車を向かわせると答えた。

　三メートルほど離れた位置で本城はぼう然と突っ立っていた。

　両手は挙げたままだった。

「どういうこと、説明しなさい」

　冴美が本城に銃口を突きつけたまま厳しい声で訊《き》いた。

「なんなんだ……なんであんな……」

　うわごとのように本城はあやふやな言葉を出している。

　目がうつろだ。

　爆弾を仕掛けたのはこの男ではない。直感的に夏希は感じ取っていた。

「あなたが仕掛けたんじゃないの」

　冴美は厳しい声で訊いた。

「知らない……俺は……知らない……」

半ば泣くような声で本城は答えた。

「俺は知らないんだぁ」

いきなり本城は走り出した。

「止まれっ。止まらないと撃つぞ」

冴美は叫んだが、本城の背中はどんどん小さくなる。

「だぁーん」

空に向けて冴美は威嚇射撃をした。

「ぐおっ」

ワンテンポ遅れて、本城は奇妙な叫び声を上げて地に倒れた。

路面にポタポタと血が垂れている。

「え?」

夏希は驚いて言葉を失った。

「なんで?」

冴美は信じられないものを見るような顔をしていた。

「いったい、どうしたのっ?」

冴美のあわて声が響いた。

空への威嚇射撃で負傷するはずはない
うつ伏せに倒れた本城のもとに夏希は走った。

拳銃をしまった冴美が続いて走ってくる。

「うーんっ」

目をつむり、歯を食いしばって本城はうなっている。

「本城さん、大丈夫ですか」

大きな声で夏希は訊いた。

「……俺はやってない……」

目をつむったまま、か細い声で本城は答えた。

意識は混濁していない。

ひとまず夏希は安堵した。

「身体をゆっくり仰向《あおむ》けにしましょう」

隣でしゃがんでいる冴美に夏希は声を掛けた。

「了解……」

冴美はかすれた声で答えた。

二人でゆっくりと本城を仰向けにした。

夏希は血が滲《にじ》む本城のシャツの裾をまくった。

左腹部に刺創があって、ある程度の出血が見られる。

だが、動脈や静脈を傷つけているようなはなはだしい出血量ではない。

脈を取ってみると、問題なくはっきりとした拍動を感じ取れた。

出血性ショック死を起こすような状況でないことに夏希はふたたび安堵した。

問題は内臓の損傷だが、この場で処置することは不可能だ。

損傷の状態次第では生命に関わる。

一刻も早く、設備が整った病院での診療を受けるべきである。

本城の倒れている場所から一メートルほど離れた路上に、刃渡りが一〇センチに満たないような小ぶりのキャンピングナイフが転がっていた。

「自分で刺したのね」

夏希の問いに、本城はかるくあごを引いた。

「ナイフで自分の腹部を刺したようです。出血は心配しなくていいです」

夏希は冴美に言った。

「そうですか」

冴美は安堵《あんど》の吐息を漏らした。

ふたたび夏希はスマホを手にした。
「はい、一一九番」
係員が出た。
「さっき電話した県警の真田です。救急車一台お願いします」
現在の本城の負傷状態を夏希は簡潔に伝えた。
かなりの出血量に見えるが、おそらく動脈や静脈は傷ついていないだろう。
出血性ショック死の危険はなさそうだ。
だが、内臓の損傷が心配だ。
損傷の状態次第では生命に関わる。
一刻も早く、設備が整った病院での診療を受けるべきである。
場合によっては開腹手術も必要になるだろう。
いくつかのサイレン音が近づいてきた。
最初に現れたのは指揮車だった。
指揮車は鑑識バンの後ろに停まった。
青木が、小出が、杉原が、五代が下りてくる。
「班長、どういう事態ですか？」

気遣わしげに青木は訊いた。

「状況は把握し切れてない。信悠くんは救出した。直後に倉庫内で爆発が起きた。本城は自分で自分を……」

冴美は言葉も途切れ途切れに言った。

本城が自傷行為をとったことが、よほどショックのようだ。

どう考えても冴美の責任とは思えない。

根っからまじめな冴美なのだ。

「指揮車に毛布は積んでありませんか」

夏希は誰にともなく要請した。

「あります。お待ちください」

杉原が叫んですぐに毛布を持って来た。

夏希は本城の身体を潮風から守りたかった。

「ううっ」

本城は苦しげにうなっている。

「ナイフで腹を刺したようです。現在は危機的な状態ではありません」

夏希は青木に言った。

「そうですか」

青木は安堵の吐息を漏らした。

「とりあえず、ここは自分が仕切ります……信悠くんや真田さんたちを《マリンハウスけいゆう》に連れて行ってあげてください。すでに依田教授夫妻はタクシーでそちらに向かっています」

青木が思いやりのある言葉を口にした。

「ありがとう。でも、わたしはここにいる」

冴美は力なく言った。

「わたしも医師ですから、救急車に引き渡すまでは患者についています」

夏希はきっぱりと言い切った。

「信悠くんは真田さんにまかせていいですか」

「もちろんです。わたし、子どもの患者も診ていたのよ」

「じゃあ安心ね」

冴美はかすかに笑った。

「しかし、本城がこんなかたちで事件の幕引きを考えていたとはなぁ」

小出があきれたように言った。

だが、夏希はその言葉に納得できないものを感じていた。

爆発後の本城の態度がそれを物語っている。

国道一三四号の方向から消防車が次々と姿を現した。

この頃になって焦げ臭い匂いが倉庫内から漏れてきた。

すぐに消防車は放水を開始した。

「責任者はどなたですか」

四〇代半ばくらいの消防士が皆に声を掛けた。

「わたしです」

冴美が消防士の前にしゃきっと進み出て挙手の礼をした。

「神奈川県警刑事部捜査一課特殊犯捜査第一係の島津と申します」

「横須賀市消防局三浦消防署の戸田《とだ》です。爆発事故ですか」

戸田は挙手の礼を返してから訊いた。

「事故ではなく、事件です。あの負傷者が誘拐事件の犯人です。爆発との関連ははっきりしませんが、爆発は故意に引き起こされたものと思われます」

冴美はしっかりとした声で答えた。

野次馬が十数人、遠巻きに火事と警察官たちを見ている。

近くの三崎警察署初声駐在所の駐在員も勤務時間外なのに来てくれた。年輩の駐在所員は野次馬整理に当たってくれた。

救急車が到着し、本城を収容した。

いまは本城は目をつむって口もきかずにいる。

夏希の診断では意識喪失ではなく、睡眠状態だと思われた。

救急隊員にひと通りの説明をして、あとは病院の医師にまかせるしかない。

搬送先は横須賀市立市民病院だそうだ。

青木が指揮本部に詳しい連絡を入れると約束してくれた。

「島津さん、信悠くんを依田夫妻に引き渡すのはまかせて」

夏希はおだやかな明るい声で言った。

「お願いします」

冴美は力なく笑った。

「さぁ、行くぞ」

小川はPTSDの症状が治まったアリシアのリードを引いて意気揚々と言った。

アリシアのおかげで誰もが生命《いのち》を救われた。

「よく頑張ったね。アリシア」

夏希はアリシアにやわらかい声を掛けた。
アリシアはつぶらな瞳で夏希を見つめている。
たまらず夏希はアリシアの頭を撫でた。
気持ちよさそうに目をつぶって、アリシアは「ふうん」と鼻を鳴らしている。
「そうさ、アリシアは世界一だからな」
得意げに鼻をうごめかして、小川はリードを引いた。
アリシアは小川の手で、ラゲッジルームのケージに戻された。
ケージに入ったアリシアに、夏希はこころのなかで拍手して惜しみない感謝を送った。
右手をつないでいる信悠は、疲れきったようすでボーッと立っている。
「さぁ、パパとママが迎えに来るよ」
夏希は信悠の小さな手を引いて鑑識バンに乗り込んだ。

【3】

夏希たちは《マリンハウスけいゆう》の談話室にいた。

夏希は織田に電話で最終報告を入れた。

「真田さん、本当にお疲れさまでした」

喜びに満ちた声で織田は言った。

「いいえ、わたしは今回はなにもできませんでした。いちばんの功労者はアリシアと小川さんです。それから加藤さんです」

「なにはともあれ、五歳の子どもの生命を守れたことは嬉《うれ》しい。市民の安全を守る義務を神奈川県警は果たせました。被疑者の本城常雄が負傷して、横須賀市立市民病院に救急搬送されたことなどの経緯は、島津さんから連絡を受けています」

「でも、織田さん……事件は終わっていません」

「どうしてですか」

「爆弾犯人は本城ではありません」

夏希ははっきりと自分の意見を口にした。

「島津さんも、もし本城がウソをついていないなら別に犯人がいる可能性があると言ってました」

織田は低くうなった。

「わたしは本城はウソをついていないと思います」

夏希はこの直感を信じていた。

「わかりました。本指揮本部をそのまま爆破事件捜査本部へと切り替えて捜査を続行します」

織田はきっぱりと言い切った。

「意見をお聞き届け頂き、ありがとうございます。本城が回復すれば事情も聴けるのでしょうけど、内臓に損傷があれば一日、二日は無理かもしれません」

場合によっては、緊急手術が必要になるかもしれない。

「いずれにしても、すでに本部鑑識課を三浦市の現場に出していますし、明日《あした》は依田夫妻にも事情聴取するために秋谷の自宅に捜一の捜査員を向かわせます。現場からはさまざまな遺留品が出るでしょう。また、三浦市初声町付近の防犯カメラを中心とした捜査に人員を割きます。ほかに真犯人がいるとしたら、明日中には浮かび上がってくると思います。真田さんとアリシア、小川くんはいったん帰宅してください」

「ありがとうございます。明日は捜査本部に出勤します」

「お待ちしています。では」

電話を切った夏希は談話室のテーブルについた。

すぐにこの施設の管理人がお茶を淹《い》れて持って来てくれた。

もと所轄の地域課員だったという七〇歳近い老人で、現役の夏希に非常に好意的だった。

三浦はおだやかな土地柄で、今回のような事件は記憶にないと驚いていた。

冴美からの連絡では幸いにも火事は鎮火したそうだ。

いま捜査一課の数人と横須賀中央署の刑事課から強行犯係と鑑識係、生活安全課からも捜査員が向かっているそうだ。

誘拐と爆発では現場検証が大変なことになるだろう。

信悠は談話室の隣の和室にとりあえず寝かせてある。

小川はというと、外でアリシアと一緒に星を眺めていた。

管理人があまりにも根掘り葉掘り聞こうとするのに辟易《へきえき》して、夏希は外へ出た。

外のポーチで小川は椅子に座ってコーラ片手に星を眺めていた。

夏希が近づくと、小川はかるく右手を挙げた。

かたわらにはリードを外されたアリシアがうずくまっていた。

爆発事件ですっかり疲れたのか、アリシアは眠っていた。

夏希は隣のガーデンチェアに座った。

「ほんと、今回のいちばんの功労者はアリシアだね」

本音で夏希はそう思っていた。

「アリシアが出張る事件ではぜんぶそうさ」

相変わらず可愛げがないが、手放しのノロケはほほえましいとも言える。

「わたし、アリシアに何度生命を助けられたかわからない」

つぶやくように夏希は言った。

「俺は何度こころの危機を救われたかわからない」

小川は柄にもないことを口にした。

そのとき、ヘッドライトを光らせたクルマが施設のなかに入ってきた。

依田教授夫妻が迎えに来たに違いない。

アリシアはがばっと跳ね起きた。

クルマはタクシーだった。

ドアが開いて依田教授夫妻が下りてきた。

《マリンハウスけいゆう》は建物の前がかなり広い広場になっている。

スポーツのコートなどにも使うのだろうが、駐車場のラインも何台分もうっすらと引いてある。

白いタクシーはこのラインに沿ってクルマを駐《と》めてエンジンを切った。

帰り道も頼まれているのだろう。

夏希と小川はテラスに置いてあるサンダルを履いて外の道に下りることにした。

小川はいつの間にかアリシアにリードを着けていた。

「真田さん、小川さん、本当に本当にありがとうございました。あなたたちへのご恩は一生涯忘れません」

依田教授が涙を溜《た》めて頭を下げた。

「よかったです。信悠くんを無事に保護できました」

にこっと笑って夏希は答えた。

「寿命が縮みました。早く信悠に会わせてください」

美穂夫人は満面に笑みをたたえてお辞儀した。

そのときである。

アリシアがうなり始めた。

「うぉおん、うおおぉん」

アリシアは激しく吠《ほ》え始めた。

「よせっ、アリシアっ」

小川はリードを引いた。

「うーっ」

それでもアリシアは低くうなり続けていた。

「じゃ、じゃあ信悠くんのところに参りましょう」

夏希はあわてて依田夫妻を玄関に招じ入れた。

談話室の椅子には管理人の隣に信悠が座っていた。

依田夫妻を見た信悠の顔に、激しい喜びの表情が浮かび上がった。

「パパぁ、ママぁ」

信悠は立ち上がって依田教授に抱きついた。

「信悠……」

それきり言葉が出ないようだった。

依田教授は強く信悠を抱きしめて頬ずりを続けた。

そばで見ている夏希も目頭が熱くなった。

「パパ、痛いよ」

信悠は悲鳴を上げた。

「ああ、すまん」

依田教授は笑顔で詫《わ》びた。

「おヒゲ……ジョリジョリ痛い」

ちょっと笑って信悠は答えた。

依田教授の顔に無精髭《ぶしようひげ》が目立っている。

「僕ねぇ、ずっと頑張ってたよ。最後はバァーンってなっておしっこ漏れそうだったけど、泣かなかったんだよ」

「えらかったぞ。信悠はさすがにパパの子だ」

依田教授は信悠から身を離すと、頭を撫《な》でた。

「ところで信悠はどこも具合は悪くないんですか」

教授は夏希に向き直って訊《き》いた。

「わたしが簡単に診ましたが、とくに異状はないようです。犯人からの暴力も受けておらず、打撲などのあざもありません。本人も痛みなどは訴えていません。こちらで出して頂いた冷凍ハンバーガーもペロリと食べました」

夏希は微笑んだ。

「お腹空《す》いてたの」

信悠はぽつりと言った。

「犯人はポテトチップスやチョコレート、ジュースなどを与えていたようでした。ただ、念のため明日《あした》は病院でCTなどの検査を受けたほうがよいと思います。幼稚園は休ませてあげてください。いまはとにかく休ませることがいちばんと思います」

にこやかに夏希は言った。

「わかりました。明日はもちろん休ませますし、病院にも連れて行きます」

「よろしくお願いします」

「ところで、犯人はいったいどこの何者なのですか」

引き締まった顔つきで依田教授は訊いた。

「本城常雄です」

夏希は短く答えた。

「あの本城が……」

依田教授は言葉を失った。

「見下げ果てた男ね」

美穂は歯を剝《む》きだした。

「負傷して現在は横須賀市立市民病院に入院しています」

「ケガしたなんていい気味よ。許せない。絶対に許せない」

美穂は吐き捨てるように言った。

「まだ事情聴取できませんが、明日の朝には回復して会話もできるようになるかもしれませんし、もっとかかることも考えられます」

夏希はあえて希望的観測を述べた。

はっきりとした筋道は立っていなかったが、さっきのアリシアのようすが気になっていた。

美穂は気難しげな顔でうなずいた。

「そうしたら、詳しい事情をご夫妻にもお伝えします」

夏希は依田夫妻にもわずかな疑念を抱き始めていた。

「まぁ、信悠が助かったから、どうでもいいんですけどね」

つまらなそうに美穂は言った。

「ところで、信悠が言ってた『最後はバァーン』って、なんのことですか」

依田教授の問いに夏希は答えられなかった。

「詳しいことは明日、うちの捜査員から説明させます。こちらは現在進行形の事件ですし、説明には時間が掛かりますので……明日はご在宅ですか？」

「明日は講義は休みます。信悠の病院以外には外出しません」

依田教授ははっきりと言った。

「わたしは午後は研究室の仕事には出かけます」

美穂は気まずそうに言った。

「承知しました。ご在宅を確認してから捜査員が伺います。本当にお疲れさまでした」

夏希はタクシーが待つところまで、依田家の人々を送った。

「おばちゃん、バイバイ」

窓が開いた後部座席から、信悠が手を振っている。

後ろで依田夫妻が頭を下げている。

「バイバイ、信悠くん、元気で幼稚園に通ってね」

夏希が手を振っているうちに白いタクシーは闇に消えた。

すっと小川が近づいてきた。

「あのさ、さっきのアリシアの吠え方はふつうじゃないんだ」

低い声で小川は言った。

「あれって火薬に反応したときの吠え方なんだ。特徴的だから間違いない」

小川は真剣な顔つきで言った。

「どういうこと？」

夏希は小川の顔を見た。

「あの夫婦のどっちかが最近火薬に接していたか、あるいは持ち物に火薬が付着していたか、そのどっちかだ」

はっきりと小川は言った。

「持ち物って言ったって、教授はなにも持ってなかったし、美穂夫人もハンドバッグしか持っていなかったよ」

夏希はあえて念を押した。

「それ以上はアリシアにも俺にもわからん……だけど、あの二人の両方、または片方が最近、火薬に近づいたことは間違いがない」

厳しい顔つきで小川は言った。

夏希の頭のなかですべてがつながった。

あわててスマホを取り出すと、織田に電話した。

「織田さん、お願いがあります」

夏希は鼻から息を吐きながら言った。

「なんでしょうか」

きょとんとした声で織田は訊いた。

「実は……」

夏希は織田に頼みたい唯一のことと、その理由を詳しく話した。

「うーん、そんなことが考えられるのでしょうか……」

聞き終えた織田は大きくうなった。

「わたし自身も自分の仮説には自信がないのですが……」

夏希は言葉を呑《の》み込んだ。

「わかりました。真田さんを信じます。仰せの通りに致しましょう。真実なら事件の様相ががらりと変わってきますね」

織田は明るい声で言いきった。

「ありがとうございます」

スマホを手にしたまま、夏希は頭を下げた。

「ところで、依田夫妻は？」

「ついさっきお帰りになりました」

「では、真田さんたちも帰宅してください」

織田はやさしい声で電話を切った。

「家まで送るよ。どうせ、アリシアを下永谷まで連れて帰らなきゃならないからさ」

いつも通りの口ぶりだが、すでに少しも気にならない。

アリシアと少しでも長くすごしたかった。


舞岡の夏希のマンションの前で小川はクルマを停めた。

「なぜか今夜は、アリシアと初めて会ったときのことや一緒に苦労して、訓練していた頃のことが次々に思い出されるんだよなぁ」

詠嘆するような声で小川は言った。

「ね、どんなこと?」

夏希は身を乗り出して訊《き》いた。

「最初はアリシアもぜんぜんダメな子だったってことだよ。引っ込み思案でさ」

小川がこんなことを言うのは本当に珍しい。

「話してよ」

夏希の請いに小川は静かに首を横に振った。

「いっぱいいっぱいいろんなことがあったから……話すのには時間が掛かるよ」

小川にしては珍しくやわらかい声で答えが返ってきた。

「いいじゃん。ちょっとだけ」

夏希は熱を込めて頼んだ。

「いまはダメだよ。アリシアがいるところでは話せない」

照れたように小川は言った。

「今度でいいから、ぜんぶ話してよ」

ますます聞きたくなった。

「そうだな、一杯やりながら話すか」

小川は目をそらして言った。

「お願い。お願い」

夏希は顔の前で手を合わせた。

「じゃあ、真田が店決めといてよ。休みが合うときに一杯やろう」

話がすらすらと進んだのも、信悠を救えた解放感からだろう。

「やったぁ、わたしは何の料理でもいいんだけど」

弾んだ声で夏希は言った。

「俺は和食系がいいなぁ」

「了解……横浜ね……」

夏希はそう言ってクルマを下りた。

草いきれがムッとするほどだった。

夏希には夏の匂いに感じられた。

「ああ、じゃあお疲れさん」

さらっと言って小川は右手を挙げた。

「お疲れさま、アリシアもおやすみなさい」

きちんと夏希は挨拶《あいさつ》した。

アリシアは一瞬だけ起きて「くうんっ」と返事した。

赤いテールランプを光らせて鑑識バンは坂道を下っていった。


夏希は嫌な夢を見ていた。

正体のわからない、透明なゼリーのようなものに全身を捕らわれていた。

いくらもがいても透明な物体は手足にまとわりついて離れてはくれない。

枕元の固定電話のベル音で夏希は悪夢から救われた。

「織田です、おはようございます」

明るい織田の声に、夏希は救われたような気分になった。

「おはようございます」

寝ぼけ声を必死に取り繕って夏希は答えた。

「今朝、四時八分、爆破事件の被疑者の身柄を確保しました」

織田は張りのある声で言った。

「ほ、本当ですか！」

眠気はいっぺんに吹き飛んだ。

「真田さん、あなたの予想通りでしたよ」

嬉しそうな声で織田は言った。

「逮捕した被疑者は？」

震える声で夏希は訊いた。

「もちろん依田美穂です」

織田の声が耳もとで響いた。

やはりそうだったのか……。

夏希は低くうなった。

「詳しく話してください」

暗い声で夏希は訊いた。

「真田さんのご指示通り、横須賀市立市民病院に石田くんと小堀さんに急行してもらい、本城常雄の個室付近の張り込みを頼みました。本城の病室には横須賀中央署の地域課員一名を交替で張り付かせていましたが、あえて隙を作ったのです。すると、払暁に病室に潜入した者がいたのです。身柄を確保して調べたところ、液体の入ってるボトルを所持していたため、取りあえず建造物侵入容疑で現行犯逮捕して、身柄を横須賀署に引っ張りました。鑑識で緊急検査したところ、ボトルの中身はカリウムでした。美穂は本城の点滴に毒物を混入しようとしていたのです。現在、本城常雄を殺害しようとした殺人未遂容疑と信悠くんに対する未成年者誘拐罪の教唆の容疑で取調中です」

「動機は口封じですね」

間髪を容《い》れずに夏希は訊いた。

「そうです。美穂は、本城に生きていられると困るのです。取調には捜査一課の第七係のベテラン捜査員と横須賀中央署の強行犯係長が当たっています。いや、高坂署長がどうしても横須賀中央署員を聴取に加えろとうるさくて……」

織田は苦笑いした。

「それで、聴取は進んだのですか」

夏希は続きを促した。

「はい、美穂はさすがに観念したらしく、爆破事件と信悠くん誘拐事件に関わっていたことを話し始めています。すべて真田さんの予想していたとおりの構図でした」

夏希は自分の予想が当たったことよりも、陰惨な事件であったことに衝撃を受けた。

「美穂が供述したところによれば、そもそも今回の誘拐事件はすべて美穂が本城を殺そうとして計画したものです。依田教授から二〇〇万ドルを巻き上げて二人で海外で暮らそうと本城を騙して本城に信悠くんを誘拐させた。段取りはすべて美穂が描き、誘拐場所や大野さんのクルマの細工まで細々と指示したようです。さらに念の入ったことに、札幌出張の日に実行させて、自分のアリバイを作ったわけです」

織田は淡々と言った。

「美穂は依田家に二〇〇万ドルなんて用意できないことを知っていたのではないですか」

夏希は念を押すように訊いた。

「もちろん、百も承知だったはずです。美穂は本城には財産があると言って騙したのです。最初から身代金を奪う気はなかったから、メッセージも正体がばれないように簡略なものにした。メッセージも美穂が自分のスマホから所持していたノートPCに送り、さらにいくつかのサーバーを経由して我々に伝えてきたのです。つまりどこにいても美穂はメッセージを送れたというわけです」

「そのあたりまではは っきりと考えていませんでした」

浮かない声で夏希は答えた。

「さらに今朝から短時間ですが、病室で本城の事情聴取も行っています」

張りのある声で織田は続けた。

「内臓に損傷はなかったのですね」

夏希は明るい声を出した。

「小腸にわずかに届くところで刺創が留まっていたようです」

「それは不幸中の幸いでした……それで、どんなことが聞き出せましたか」

夏希は身を乗り出すようにして訊いた。

「美穂は本城には『午前○時に身代金を手にしたら倉庫に迎えに行く。信悠を解放したら、一緒に海外へ逃げよう』と誘ったのです。本城は美穂の言葉を信じてあの倉庫までやってきた。美穂の本心は午前○時には倉庫ごと本城を吹っ飛ばすつもりでした」

織田の声は冷静だった。

信悠と接していた夏希のこころはかき乱された。

「ひどい……何の罪もない信悠くんまで」

夏希の声はかすれた。

「どうやら美穂は信悠くんが邪魔だったようです。いつまでもよい母親のフリをしなければならない。成長したら、ますます自分の障害となる。本城の自殺に巻き込まれたことにしてしまえば、すべてはさっぱり片づくと考えたようです」

さすがに織田の声も沈んだ。

「人間のこころってものがないの……」

夏希は言葉を続けられなかった。

「ところが、それより前に、真田さんたちが信悠くんを発見してしまった。あの女は倉庫に設置したカメラをウェブ経由で見て状況把握してたんです。そこで、爆弾を爆発させた。携帯電波による起爆装置をつけていたようです。ところがアリシアの活躍であなたたちだけでなく本城まで助かってしまった。本城は爆発によって、自分が美穂に騙されていたことに気づいて絶望したのです。そこで自死しようと自分の腹を刺した。彼は回復方向にあります。で、真田さんは本城が回復すると美穂に言いましたよね」

念を押すように織田は訊いた。

「はい、事情聴取できるだろうと……あえて希望的観測を伝えました」

あのとき、すでに夏希は美穂に疑いを抱いていた。

はっきりとこうした結論が見えていたわけではない。

「それで美穂は焦って、本城を殺そうと病室に忍び込んだところを石田・小堀コンビに逮捕されたというわけです」

誇らしげな声で織田は言った。

「なぜ、最初から美穂は本城を殺そうとしていたのですか」

まだはっきりとは摑《つか》めなかった。

「あの二人は、美穂が依田教授と結婚する前から男女の関係だったのです。美穂はうだつの上がらないポスドクから這《は》い上がるために依田教授を利用しようと結婚した。ところが、美穂は結婚してからも本城との関係を続けていた。どうも本城が脅していたようです。自分との関係をバラされたくなかったら関係を続けろと。また、相当の金もせびっていたようです。そこでついに美穂は本城を始末する意思を固めたというわけです」

織田はひと息ついて言葉を続けた。

「爆弾も起爆装置も美穂が作ったようです。爆弾は応用化学の知識で作れますし、美穂は応用化学に来る前は電子工学を学んでいたそうです。素晴らしい知識をロクでもないことに使ったものですね。真田さん、ありがとうございました。高坂署長もあなたの実力を認めざるを得ないようです。あなたとアリシアは県警の宝です」

織田はていねいな口調で電話を切った、
夏希の胸のなかで、やまない怒りの嵐が吹きすさんでいた。

「そうじゃない。本を読んで学ぶのはそんなことをするためじゃない……」

どす黒い人間の欲望が急に見えてきたような気がした。

まるで、頭から汚泥を掛けられたような気分だった、
なにかこころを清めるものに出会いたくて、夏希はベッドから這い出した。

音楽、美術、それとも自然の風景……。

夏の朝風が南の窓から忍び込んで、レースのカーテンを揺らした。

窓を開けると、舞岡の森からカッコウの声が響いていた。

「もうすぐ夏だね……」

舞岡では年に一、二度しか聞くことができない涼しげな鳴き声に、夏希はいつまでも聞き入っていた。

【参考文献】

「治安の危機を再来させないために～最近の犯罪情勢とそれを踏まえた諸対策についての一見解～」（『社会安全・警察学』第10号）安田貴彦　京都産業大学　社会安全・警察学研究所

本書は書き下ろしです。
本作はフィクションであり、登場する人物・組織などすべて架空のものです。